光文社古典新訳文庫

チャンドス卿の手紙／アンドレアス

ホーフマンスタール

丘沢静也訳

kobunsha classics

光文社

Title : EIN BRIEF/ANDREAS
1902／1932
Author : Hugo von Hofmannsthal

目次

チャンドス卿の手紙／アンドレアス

他3編

［　］内は、訳者の補足です。

〔チャンドス卿の〕手紙

Ein Brief〈1902〈1902〉〉

これは、バース伯爵の次男であるフィリップ・チャンドス卿が、後のヴェルラム卿にしてセント・オールバンズ子爵であるフランシス・ベーコンに宛てた手紙である。文学の営みを完全にやめることを、この年長の友人に恐縮しつつ報告した文章である。

2年もご無沙汰しておりました。心から敬愛する友は、ありがたいことに私の失礼を責めることもなく、温かいお手紙をくださいました。それどころか、冗談まじりの言葉でさりげなく私のことを気遣い、私の精神が硬直しているのではないかと心配までしてくださいました。冗談まじりの言葉をさりげなく使うことができるのは、人生の危険を骨身にしみて知りながらも、勇気を失わない偉大な人物だけです。

お手紙の最後では、「重い病気にかかっていながら痛みを感じない者は、精神が病気なのだ」というヒポクラテスのアフォリズムを引いて、君に薬が必要なのは、君の病気を抑えるためだけでなく、むしろ、君の内面の状態を君がもっと鋭く感じるためでもあるのだ、と教えてくださっています。これほど温かいお手紙をいただいたのですから、それにふさわしいお返事を差し上げたい、心の内をさらけ出したいと思っています。しかし私には、どのようにしたらよいのか、わからないのです。温かいお手紙をいただいたものの、まだ私は、自分が宛名の人間であるのかすら、わからないほどなのです。そもそもこの私は、現在26歳のこの男は、あの『新説パリス』を、あの『ダプネーの夢』を、あの『祝婚歌』を書いた人間なのでしょうか？　華麗な言葉の森でよろめいている、これらの牧人劇は、やんごとなき女王様や、寛大きわまりない貴族や紳士のあいだでは、ありがたいことに、今なお記憶されてはおりますが。さらにまたこの私は、23歳のとき、ヴェネツィアの大きなサン・マルコ広場の石の回廊で、あの均整のとれた複雑なラテン語の綜合文の構造を自分のなかに見出した人間なのでしょうか？　その構造の平面図と構成には、海からそびえ立つパラーディオ作やサンソヴィーノ作の建築物などより、ありがたいことに、はるかに心を奪われたものです。そしてこの私がその当の人間であるなら、このうえなく張り詰めた私の思考の産物の、すべての痕跡や傷痕を、自分でも理解できない私の心から、これほどきれいさっぱり失うことができたのでしょうか？　つまり、いただいたお手紙が私の目の前にあるのですが、その文面に書かれている小論文のタイトルが、じっと私をよそよそしく冷たく見つめているのです。そうなのです。そのタイトルを見ても私はすぐに、誰もが知っているひとつの像が単語の組み合わせによって結ばれたもの、とは把握できず、単語を一語ずつしか理解できなかったのです。まるでそれらのラテン語の単語が、そのように結びつけられて、はじめて私の目の前に登場したかのように。しかしこの私は、やはりその当の人間なのです。「この私は……という人間なのでしょうか」という問いは、女性や下院議員には有効なレトリックですが、こんにち過大評価されているそのレトリックの効力は、ものごとの核心に迫るには不十分です。私の内面の状態を理解していただくためには、やはり詳しくお話しするしかありませんね。私は精神が異様なのです。行儀が悪い。病気だと言われてもかまいません。これまでの私の作品は、私にはよそよそしく感じられるので、自分の作品だと呼ぶことすら躊躇するほどです。これまでの私の文学の仕事と、現在の私とのあいだには奈落があって、橋が架かっておりません。まったく同様に、これからの私に期待されているらしい文学の仕事と、現在の私とのあいだにも奈落があって、橋が架かっておりません。

身に染みるご厚情と、信じられないほど鋭い記憶力。そのどちらをより深く驚嘆するべきなのか、私にはわかりませんが、お手紙のおかげで私は、すばらしい霊感を共有した日々にお話しした、ささやかなプランのあれこれを、思い出しております。そうなのです、私は、栄光に満ちた君主であった亡きヘンリー8世の、統治の最初の数年を描きたいと思っていました！　エクセター大公であった私の祖父が、みずからフランスとポルトガルと交渉した記録を遺してくれておりますので、それを土台のようなものにすればいいと思っていました。また、あの活発で幸せな日々にあっては、サルスティウスから形式についての認識が、けっして詰まることのない管を通じてでもあるかのように、私のなかに流れこんできました。深くて、真実で、内的なその形式は、レトリックによる技巧の領分の向こう側ではじめて予感できるものです。形式が素材を按配する、などとは言えなくなった形式なのです。というのもその形式は、素材に浸透し、素材を止揚し、詩と真実を同時に創造するわけですから。永遠の力たちのせめぎ合い、音楽と数学のすばらしい合体。それが、私の温めていたプランでした。

あれこれプランを立てるとは、人間とは何なのでしょう！

ほかにもプランをいくつか練っていました。親切なお手紙のおかげで、それらも思い出しています。どのプランも、私の血のひとしずくを吸ってふくれ上がり、蚊のように私の目の前で、幸せな日々の明るい陽ざしが射さなくなった暗い塀のあたりを、悲しく飛びまわっています。

古典古代の人たちが遺してくれた寓話や神話の数々は、どの時代の画家や彫刻家をもうっとりさせてきましたが、それらの物語を私は、無尽蔵の秘密の知恵を秘めた象形文字《ヒエログリフ》として解明したいと思っていました。その知恵の息吹を私はときどき、ヴェール越しに感じ取っていた気がしていたのです。

そのプランのことを思い出しています。特定はできませんが、なんらかの感覚的で精神的な快楽が、そのプランの根底にありました。狩りたてられた鹿が水に飛びこむように、私は、登場人物たちの光沢ある裸体のなかに飛びこみたいとあこがれました。あのセイレーンやドリュアスのなかに。あのナルキッソスやプロテウスのなかに。ペルセウスやアクタイオンのなかに。人物たちのなかに姿を消して、その人物の舌でしゃべりたいと思いました。そうしたかった。ほかにもやりたいことが、いろいろありました。ユリウス・カエサルが著した『アフォリズム集』のようなものを編むつもりでした。お手紙によれば、キケロの手紙にカエサルの『アフォリズム集』への言及があるのですね。私のアフォリズム集には、これはと思う名言の数々を列挙するつもりでした。名言は、こんにち私が、学問のある男性や機知に富んだ女性とか、特筆すべき庶民とか、旅で出会う教養のある人や卓越した人物とか、との交流によって集めることができたでしょう。それらの名言のそばには、古典古代の作品やイタリア人の作品から美しい箴言を抜き出して添えるつもりでした。それ以外にも、本や手稿や会話で出会う珠玉の精神の言葉も。さらには、格別に美しい祭りや行列の指図書、異常な犯罪や凶暴な事件、オランダ、フランス、イタリアのこのうえなく独特ですばらしい建築物、などなども添えるつもりでした。そして全体のタイトルには、『汝自身を知れ』を予定していました。

手短に言えば、当時の私は、一種の持続した陶酔状態にあって、存在全体が大いなる統一のように見えていたのです。精神の世界と身体の世界は、対立していないように思えていた。同様に、宮廷の生活と獣の生活も、芸術と非芸術も、孤独と社交も、対立していないように思えた。あらゆるものに自然を感じていたのです。錯乱した狂気にも、このうえなく洗練されたスペインの儀式にも。若い農夫の間抜けぶりにも、このうえなく甘美なアレゴリーにも。そしてあらゆる自然に、私は自分自身を感じていたのです。私の狩猟小屋で私は、髪がもじゃもじゃの男が、優しい目をした美しい雌牛の乳から、木桶にしぼってくれた生暖かくて、まだ泡の立っているミルクをぐっと飲み干したものですが、そのときの気分は、私の書斎の窓に作りつけたベンチに腰かけて、二つ折りの大判の本から、まだ泡立っている甘美な精神の栄養を吸っていたときの気分と、まったく同じでした。あれとこれは似たもの同士。夢のような超自然においても、身体の力強さにおいても、おたがいに譲ることはなく、そういうふうに右手と左手、生の全幅にわたって経過したのです。どこにいようと私は生のまっただなかにいて、仮象らしきものを認めることはありませんでした。言いかえれば、すべてが比喩であり、どのような被造物もほかの被造物に至る鍵である、と予感していたのです。そして自分が、つぎつぎに被造物の核心をつかんでは、それによってほかの数多くの被造物を、解明できるかぎり解明することができる者なのだ、と感じていたのでしょう。以上が、あの百科全書的な本に予定していたタイトルについての説明です。

こんなにもふくれ上がった傲慢から、私の精神は、極端な小心と無力感へとしぼんでしまい、このところ私の内面は、ずっとそのままの状態です。それは、敬虔な考えの持ち主の目には、神の摂理の巧みなプランだと思われるかもしれません。しかしそのような宗教的な見方は、私に対して力がありません。それは蜘蛛の巣のようなもので、数多くの敬虔派はそれにひっかかって、動かなくなるのですが、私の思考はそれを突き抜けていきます。空《くう》のなかへと。私にとって信仰の秘儀たちは、濃縮されて、ひとつの高貴なアレゴリーとなってしまったのです。そのアレゴリーは、鮮やかな虹のように、私の生の領野の上空にかかっています。つねに遠くにあって、いつも身構えており、私が急いで駆け寄って、その虹のマントの裾《すそ》にくるまれようとしても、私を避けて退却しようとするのです。

しかし、敬愛する友よ、世俗的な概念も、同じようにしてこの私から逃げていくのです。奇妙なこの精神の苦しさを、どうやって報告すればいいのでしょう？　私が果物に手を伸ばそうとすれば、果物の枝がぴんとはね上がり、私が乾いた唇を濡らそうとすれば、さらさら流れている水が私を避けるのです。

私の場合、つまり、どんなことであれ、関連づけて考えたり話したりする能力が、すっかりなくなってしまったのです。

まず最初に私は、高級な、または一般的なテーマを論じるときに、誰もがためらいなく気軽に使うような言葉を口にすることが、しだいにできなくなりました。「精神」や「魂」や「身体」といった言葉を口にしただけで、なぜか落ち着けなくなったのです。宮廷の問題、議会の案件、その他なんであれ、きちんと判断を下すことができなくなっていることに、内心、気づきました。しかもそれは、私がなんらかの配慮をするからではありません。ご存知のように、私は軽率なほど無遠慮な人間です。そうではなくて、なんらかの判断を表明するためには、当然のことながら舌にのせざるをえない抽象的な言葉が、私の口のなかで腐ったキノコのようにぼろぼろと壊れたのです。たまたま私は、4歳になる娘のカタリーナ・ポンピリアがたわいのない嘘をついたので、きつく叱って、いつも本当のことを言わなければいけないよ、と諭《さと》そうとしたのですが、そのとき私の口のなかに押し寄せてきた概念たちが、突然、玉虫色に光りはじめて入り乱れ、区別がつかなくなったので、言いかけた文章を、まるで気分が悪くなったかのように、できるだけ早口でまくしたてたのです。実際、顔は青ざめ、額をぎゅっと押さえながら、子どもをひとり残したまま、部屋のドアをパタンと閉めて、誰もいない放牧場で馬に乗り、たっぷりギャロップをして、ようやくなんとか平静を取り戻しました。

ところが、この気がかりな状態は、錆が周囲をむしばむように、しだいに広がっていきました。気のおけない月並みな会話のときでさえ、普段ならあっさりと夢遊病者でも確実に下せる判断が、私には、どれも怪しいものに思われるようになったので、その種の会話に加わることは断念せざるをえませんでした。「この件はこの人にはうまくいったけれども、あの人にはまずいことになったね」とか、「州長官のNは悪人だが、牧師のTは善人だぞ」とか、「小作人のMは気の毒だな。息子たちの金づかいが荒くて」とか、「あの人がうらやましいのは、娘たちが倹約家だからだ」とか、「あそこの家は景気がよくなったね。こちらの家は落ち目だけど」といったような話を聞くと、なぜか私は怒りでいっぱいになり、なんとか怒りを隠すのにも苦労したほどです。それらの話は、どう考えても、証明できないものであり、嘘であり、穴だらけでした。私は私の精神に強制されて、その種の会話に登場したあらゆるものごとを、気持ちが悪くなるほど近くで見ることになりました。以前、顕微鏡で小指の皮膚の一部を見たことがあるのですが、その皮膚の一部は、溝や穴のある平地のように見えました。私が人間たちやその行動を見たときにも、同じことが起きたのです。私にはもう、ものごとを単純化する習慣の目で見ることができなくなってしまった。すべてが解体して部分に分かれ、その部分が解体して、さらに部分に分かれて、ひとつの概念ではなにひとつカバーできなくなったのです。ひとつひとつの言葉が私のまわりに漂っていました。言葉たちは凝固して目となり、その目が私をじっと見つめると、今度は私がその目をじっと見つめ返すしかない。その言葉たちは渦巻きなのです。私が見下ろすと、目がくらむ。それらは休みなく回転しており、それらを突き抜けると、そこは空《くう》。

この状態から逃れようとして、私は、古典古代の世界に救いを求めました。プラトンは避けました。プラトンはイメージの飛翔が危険なので、恐ろしかったからです。一番頼りにしようと思ったのは、セネカとキケロでした。概念たちが限定され整理されているので、それらの生み出すハーモニーが、私を健康にしてくれるのではないかと思ったわけです。たしかに私は、その概念たちを理解することができました。黄金のボールを吹き上げるみごとな噴水のように、その概念たちは私の目の前で、すばらしい関係ゲームを展開してくれました。私は概念たちのまわりに漂って、概念たちがやっているゲームを見ることができました。しかしながら、概念は自分たちだけでゲームをやっていたのです。私の思考のもっとも深いところにある人格的なことは、概念たちの輪舞から排除されたままでした。概念たちのあいだにいると、恐ろしいほど孤独を感じました。目のない彫像ばかりが立っている庭園に閉じ込められているような気分でした。私はまた外へ逃げ出したのです。

それ以来、私が送っている生活は、ほとんど理解していただけないのではないでしょうか。精神や思想に縁のないまま過ぎていく毎日は、もちろん、隣人や、親戚や、この王国のたいていの地主貴族の生活と大差ないものですが、生き生きしたうれしい瞬間が皆無というわけでもありません。そういうすばらしい瞬間がどういうものなのか、お伝えすることが、私には簡単ではなくなったのです。またもや私は言葉に見放されています。というのも、そういう瞬間、高次の生が満潮になり、私の身のまわりにある日常的な対象を器のようにして、満たすわけですが、その日常的な対象というやつが、まったく無名のものであり、ほとんど名づけるに値しないものだからなのです。私の話は、具体例がないと理解していただけそうにありません。馬鹿ばかしい例ですが、どうかご容赦ください。たとえばそれは、如雨露《じょうろ》であり、畑に置き去りにされた馬鍬《まぐわ》であり、日向ぼっこをしている犬であり、みすぼらしい教会墓地であり、からだの不自由な人であり、小さな農家です。これらすべてが、私にとっては啓示の器となる可能性があるのです。こういう日常的な対象がどれも、また、これに似た何千という対象が、普段なら当然のことながら無視されるわけですが、私の力では呼び起こすことのできない瞬間、突然、私にとって崇高で感動的な相貌を帯びることがあるのです。ですが私には、どんな言葉も貧しすぎて、その相貌を表現することができないように思えます。目の前にない対象が、なぜ選ばれたのかは理解できないのですが、その対象をはっきり想像するときでさえ、あの、穏やかだけれど急に高まっていく潮のような神々しい感情に、容量ぎりぎりまで満たされることがあるのです。私は酪農場をいくつも持っていますが、そのひとつの地下の牛乳室にネズミがいるので、毒をたっぷり撒いておくよう指図していました。夕方、私は馬で出かけたのですが、ご想像どおり、その指図のことを忘れていました。深く掘り返された耕地で馬に乗っているとき、近くでウズラの群れが驚いて飛び立ち、遠くで大きな夕日が波打つ畑のうえに沈んでいくことぐらいしか、気に留まらなかったのですが、私の心のなかに突然、あのネズミたちの断末魔の苦しみでいっぱいになった地下の牛乳室の光景が浮かんだのです。なにもかもが私のなかにありました。息苦しく冷たい地下室には、甘く鋭く鼻をつく毒の臭いが充満し、ネズミたちのキーキーという鳴き声が、死の叫びとなってカビ臭い壁に衝突している。糸玉のように絡まりあいながら痙攣して、意識を失うネズミたち。破れかぶれに走り回るネズミたち。狂ったように出口を探すネズミたち。ふさがれた壁の割れ目で2匹が鉢合わせして、冷たい目をして怒っている。しかし私は、言葉を捨てると誓ったのに、またしても言葉を使おうとしています！〔古代イタリアの都市〕アルバ・ロンガが破壊される直前の数時間を描いた〔歴史家〕リウィウスのすばらしい記述を、友よ、覚えていらっしゃいますよね？住民たちが、二度と見ることのない街路をさまよい歩き、……地面の石に別れを告げる箇所のことです。つまりですね、その光景を私は思い浮かべていたのです。と同時に、燃え上がるカルタゴのことも。しかし地下の牛乳室の光景は、それ以上のものでした。もっと神々しく、もっと動物的でした。まるごと崇高な現在として目の前にあったのです。母ネズミがいました。そのまわりには、死にかかった子ネズミたちでも、ピクピクさせていました。母ネズミが見ていたのは、死にかかっている子ネズミたちが体を、仮借ない石の壁でもなく、空っぽの宙なのです。いや宙を通して無限を見ていたのです。そうやって見ながら、歯ぎしりをしていたのです！　嘆き悲しんで石と化していくニオベの近くで、召使いの奴隷が気絶しそうになりながら恐れおののいていたなら、私と同じ思いをしたにちがいありません。私の心のなかでは、この母ネズミの魂が途方もない宿命に歯をむいていたのです。

このような描写をお許しください。そんなふうに考えていただいては困ります。きわめて不適切な例を私が選んでしまったことになってしまいますから。それは、同情をはるかに超えるものであり、同情にはるかに及ばないものだったのです。途方もない関与。被造物であるネズミたちのなかへの流入。生と死の流動体が、夢と目覚めの流動体が、一瞬のあいだ、ネズミたちのなかへ流れ込んだという感覚。――しかしそれは、どこから流れ込んだのか？　というのも、以下に報告することは、同情とは無関係だからです。概念を結びつける人間の思想とは無関係だからです。たとえば私が別の日の夕方、クルミの木の下に、水の半分入った如雨露《じょうろ》を見つけるとします。庭師の見習いが置き忘れたものです。如雨露《じょうろ》のなかの水は、木の陰で暗く、その水面をゲンゴロウが如雨露《じょうろ》の暗い岸から向こう岸へと泳いでいます。そして、取るに足りない如雨露《じょうろ》とその水とゲンゴロウとの組み合わせを目の前にして、私は、無限を目の前にした気になって戦慄を覚えるのです。髪の毛根からかかとの髄まで戦慄が走って、私は叫び出したくなります。もしもかりに私が叫ぶ言葉を見つけたなら、私はあの智天使《ケルビム》の存在を信じませんが、そのときに叫ぶ言葉はきっと、智天使《ケルビム》をすらひざまずかせることでしょう。そしてそれから私はその場所から立ち去り、数週間後に問題のクルミの木を見ても、おずおずと横目で見て通り過ぎることでしょう。なぜなら、そのクルミの木の幹のまわりに漂っている不思議の後味を、払いのけるつもりがないからです。また、近くの茂みでいまだに揺れ動いている、地上のものとは思えない戦慄を追い払うつもりがないからです。そういう瞬間、私にとっては、取るに足りない被造物や、犬や、ネズミや、カブトムシや、発育不良のリンゴの木や、くねくね曲がっている丘の荷車の道や、コケの生えた石のほうが、かつての私にとって最高の夜の、最高に美しく、最高に献身的な恋人よりも、大事なものになるのです。ものも言わず、ときには生命のないこれらの被造物が、あふれんばかりの愛をもって私の目の前で私に迫ってくるので、幸せになった私の目には、まわりのどこにも、死の影が見えなくなっています。存在するものすべて、私が覚えているものすべて、混乱した私の考えが触れるものすべてが、私には、なにものかであるように思えるのです。普段なら鈍い、私の脳の鈍重さですら、私には、なにものかであるように思えるのです。私のなかで、私のまわりで、さまざまな力が恍惚となって、ひたすら無限に抗争していることを、私は感じています。抗争しあっている質料たちに私はかこまれているのですが、私が流入できない質料はありません。そのとき私には、私の身体が、あらゆることを解明してくれる暗号だけでできているかのような気がします。あるいは、もしもかりに私たちが心臓で考えはじめるなら、私たちは存在全体に対して、胸騒ぎするような新しい関係をもつことができるかのような気がするのです。しかし、その格別な魅惑の時間が消えると、私はそのことについて、なにひとつ証言することができません。また、私と世界全体を両面模様にして織っているハーモニーがどういうものなのか、そしてそのハーモニーをどうやって私が感じるようになったのか、を理性的な言葉で記述することもできないでしょう。私の内臓の体内での運動や私の血液の鬱積について、精確な報告をすることができないのと同様に。

ところで私には、こういう格別な偶然の事態が、精神のおかげなのか、身体のおかげなのか、ほとんどわからないのですが、そういう偶然の場合を別にすると、ほとんど信じられないような空っぽの生活を送っており、私の内面の硬直を妻に隠すのに苦労しています。また、領地内では要件がいろいろあるわけですが、それに対する私の無関心を使用人に隠すことにも苦労しています。ただ私は、亡き父のおかげで厳しく良い教育を受けており、子どもの頃からの習慣で、毎日の時間を無為に過ごすことがないので、ともかく外面的には、生活は堅実で、私の身分と人格にふさわしい外観を保っているように思えます。

現在、屋敷の別棟を改築しています。棟梁とはときどき仕事の進み具合について話をするようにしています。農地をもっているので、小作人や使用人は私のことをたぶん、以前より口数が減ったけれども、不親切になったとは思っていないでしょう。私が夕方、馬に乗って通り過ぎるとき、彼らは帽子をとって戸口の前に立ち、いつもうやうやしく挨拶してくれるのですが、誰ひとりとして、私の視線がどこにそそがれているのか、気づく者がおりません。よく彼らは、腐った床板をめくって、釣り用のミミズを探していますが、私の視線は、その床板をかすめるように通過して、狭い格子窓越しに、じめじめした部屋にそそがれるのです。部屋の片隅には、つぎはぎのシーツをかけた低いベッドが、死にかかっている者を、または生まれてこようとする者を、じっと待ちつづけています。私の目は、醜い子犬や、植木鉢のあいだをしなやかにすり抜ける猫から、離れようとしません。ありとあらゆるこれら、農民の生活のみすぼらしくて粗野な対象のなかにこそ、私の目が探しているものがあるのです。目立たない形をしたものや、置かれたり立てかけられたりしていても無視されるものや、訴えかける特徴のないものこそが、謎めいていて、言葉にならず、節度を知らないあの恍惚の、源泉となりうるのです。というのも私にとって、名づけようのない至福の感情は、星空を見上げるときというよりはむしろ、遠くにぽつんと見える羊飼いの焚き火から、ふと湧いてくるものだからなのです。また、威厳のあるオルガンの轟音から湧いてくるのではなく、むしろ、すでに秋風が冬の雲をさびしい耕地の上空に駆り立てるとき、死が近づいた最後のコオロギの鳴き声から、ふと湧いてくるものだからなのです。ときどき私は、あのエピソードで語られる雄弁家のクラッススに、自分が似ているのではないか、と思うことがあります。クラッススは屋敷の池に、おとなしいウツボを飼っていて、のっそりとして寡黙な赤目のその魚を溺愛しすぎていたため、町中の噂となったのですが、あるとき元老院でドミティウスに、「その魚が死んだときには涙を流しましたな」と非難され、うすら馬鹿呼ばわりされたのです。それに対してクラッススは、こう答えました。「たしかに私は、あの魚が死んだときに涙を流した。だがあなたは、最初の夫人が亡くなられたときも、2番目の夫人が亡くなられたときも、涙を流さなかった」

何度あったのか、わからないほどしばしば、このウツボのクラッススが、何世紀もの深い谷を越えて、私自身の鏡像のように思えるのです。しかしそれは、ドミティウスに返したあの言葉のせいではありません。クラッススを笑っていた者は、あの答えを聞いてクラッススの味方となり、その一件は笑い話になってしまいました。しかし私はその話に心を揺さぶられています。かりにドミティウスが、亡き妻たちのために痛切きわまりない血の涙を流していたとしても、まったく同じように私は心を揺さぶられていたと思います。涙を流したドミティウスに対しても、あいかわらずクラッススは、ウツボに涙を流したわけですから。そして、このうえなく高尚な事柄を審議し、世界を支配している元老院で、クラッススが笑われ馬鹿にされた様子は、くっきり目に浮かびますが、名づけようのないなにかが私に、あるやり方でこの人物について考えることを強制するのです。そのやり方は、私が言葉で表現しようとした瞬間、まったく愚かなやり方に思えるのですが。

そのクラッスス像が、ときおり夜、私の脳に浮かびます。それは脳に突き刺さった木片のようで、まわりのものはすべて化膿し、ずきずきと脈を打ち、煮えくり返っています。私自身も、沸騰し、泡立ち、キラキラ光を発しているかのようです。全体としてそれは一種の、熱を帯びた思考です。言葉より直接的で、流動的で、燃えやすい物質による思考なのです。これも渦巻きですが、言語の渦巻きとちがって、底なしの奈落に引きずりこむのではなく、どういうわけか、私自身のなかへ、もっとも深い平和のふところへ引きずりこんでくれるように思えます。

普段の私が抱えている説明しようのない状態を、くどくどと書いて、敬愛する友を必要以上に煩わせてしまいました。

私の書いた本を「ご無沙汰のお詫びのしるしに」お届けしなくなってしまったことについて、優しく触れてくださいました。お手紙でそのご不満を読んだ瞬間、私は、まったく胸が痛まなかったわけではありませんが、きっぱり確信したのです。来年も、再来年も、いや私が死ぬまで、私は、英語の本も、ラテン語の本も書くことはないだろう、と。それはある理由によるのですが、私には困ってしまうほど奇妙な理由なのです。その理由を、あなたの前で精神と身体が調和をもって広がっている王国の、ふさわしい場所に、曇りない視線で位置づけることは、かぎりなくすぐれた精神の持ち主であるあなたにお任せします。なぜ私が本を書かないのか。それは、書くためだけでなく、考えるためにも私にあたえられているかもしれない言語が、ラテン語でも、英語でも、イタリア語でも、スペイン語でもないからなのです。そういう言語ではなく、私がその単語をひとつも知らない言語であり、ものを言わない事物が私に話しかけてくる言語だからなのです。その言語で、もしかしたら私はいつか墓のなかで、見知らぬ裁判官の前で弁明するかもしれません。

私は、私の精神の最大の恩人に対して、現代最高の英国人に対して、愛と感謝のすべてを、測りしれない賛嘆のすべてを抱いております。そして、死がこの心臓を破裂させるまで、抱きつづけるつもりでおります。その気持ちのすべてを、私がフランシス・ベーコンに差し上げる、この、おそらくは最後の手紙の、最後の言葉に、刻みつけておくことができれば、と願っております。

紀元1603年8月22日

フィ・チャンドス

第672夜のメールヘン

Das Märchen der 672. Nacht〈1895〈1895〉〉

［I］

商人の息子は若くて、とても美しく、父も母もいなかった。25歳を過ぎてすぐ、社交や客を招く生活にうんざりした。屋敷のほとんどの部屋に鍵をかけ、献身的で好ましい人柄の4人は別にして、召使いや女中を残らず解雇した。友人などは大事ではなく、どんな女性の美しさにも心を奪われることがなかった。女性をいつも身のまわりに置いておきたいとも、そばに置いてもかまわないとも思わなかった。だからますます生活は、おおむね孤独なものになっていった。孤独な生活は、どうやら商人の息子の気質にもっとも合っていた。けれども人間嫌いというわけではなかった。むしろ通りや公園を散歩して、そこで見かける人たちの顔を観察するのが好きだった。また、からだや美しい手の手入れも、住まいの装飾もおこたらなかった。たしかに、じゅうたんや織物や絹、彫刻をほどこした壁や鏡板を張った壁、金属の燭台や洗面器、ガラス容器や陶器、これらのものの美しさが、以前には想像もつかなかったほど大切に思われた。しだいに彼は、世界のあらゆる色と形が自分の什器《じゅうき》のなかに息づいていることに、目を開かれるようになった。絡まり合っている装飾の模様を、絡まり合った世界の神秘たちが魔法にかけられた画像だと思った。動物たちの形を見つけ、花たちの形を見つけ、花から動物への移行を見つけた。イルカとライオンとチューリップを見つけた。真珠とアカンサスを見つけた。円柱の荷重と堅固な土台との争いを見つけた。噴き上げられては落ちてくる水の動きを見つけた。至福の運動と高貴な休息を見つけた。ダンスと死を見つけた。花と葉の色を見つけた。野生の動物の毛皮の色と、さまざまな民族の顔の色を見つけた。宝石の色を見つけた。嵐のように荒れる海や静かに輝いている海の色を見つけた。それだけではない。月と星たちを見つけた。神秘的な球体を見つけた。神秘的な環をいくつも見つけた。それらの環に生えた、熾天使《セラフィム》の翼を見つけた。彼は長いあいだ、それらの、深い意味をもった偉大な美に酔っていた。その美は彼が所有するものだった。その什器たちに囲まれて彼の毎日は、日を追うごとに美しくなり、充実していった。もはや什器たちは、死んだ無価値なものではなく、あらゆる種族にとって偉大な遺産であり、神の作品だった。

けれども、これらの事物に彼は、美しさだけでなく、むなしさも感じていた。長いあいだ頭から、死の思いが離れることがなかった。みんなが笑ったり騒いだりしているときに、しばしばその思いに襲われた。夜にもしばしば、食事中にもしばしば、襲われた。

しかし彼は病気持ちではなかったので、死の思いは恐ろしくはなかった。むしろ厳粛で華やかなものだった。死の思いがもっとも強くなるのは、まさに、すばらしい思想や自分の若さや孤独のすばらしさにうっとりするときだった。というのもしばしば商人の息子は、鏡の前に立ったり、詩人の詩句を読んだり、自分が金持ちで利口だと思ったときに、プライドをふくらませていたからだ。陰鬱な格言で心が重くなることはなかった。「汝の死すべき場所まで、汝を運ぶは汝の足なり」と唱えると、自分が、狩りで道に迷った王のように格好よく、知らない森で奇妙な木のあいだを、見も知らぬ不思議な運命にむかって歩いているように思うのだった。「家を建てれば、死が訪れる」と唱えると、死が、彼の建てた大邸宅の、翼のあるライオンたちに支えられた橋を渡って、ゆっくりこちらにやってくるのが見えた。大邸宅は、不思議な生の獲物でいっぱいだった。

まったくひとりで暮らしているのだ、と思い込んでいた。けれども4人の召使いが犬のように取り巻いていた。ちょっと話をするだけだったにもかかわらず、かいがいしく世話をしようとつねづね思ってくれていることは、それとなく感じていた。商人の息子のほうも、ときどき4人のことをあれこれ考えるようになった。

家政を仕切っていたのは、年老いた女だった。その老婆の娘が、商人の息子の乳母だった。その老婆は、その娘だけでなく、ほかの子どもたちも亡くしていた。とても物静かな老婆だった。白い顔と白い手には高齢の冷たさが感じられた。けれども彼は彼女のことが好きだった。これまでずっと家にいた人間だからだ。彼を産んだ母親や、懐かしくてたまらない子ども時代の記憶を、身につけているからだ。

老婆は、彼の許しをもらって、遠縁の女の子をこの屋敷に引き取っていた。15歳になるかならないかの少女で、ひどく打ち解けない性格だった。自分に対して厳しく、気心が知れなかった。あるとき急に暗い怒りに駆られて、窓から中庭に身を投げた。けれども子どものからだは柔らかく、たまたま積み上げられていた庭土の上に落ちたため、庭土に埋まっていた1個の石で、鎖骨を1本折っただけですんだ。少女をベッドに寝かせてから、商人の息子は自分の主治医に少女への往診を頼んだ。日が暮れてから、自分でも様子が知りたくて、見舞いに行った。少女は目を閉じていた。じっくり顔を見るのははじめてで、その大人びた不思議な優美さに驚いた。しかし唇だけは非常に薄く、どこか美しさに欠け、不気味な印象があった。突然、少女が目を開いた。悪意のある氷のような目で彼を見つめ、怒って唇をぎゅっと結び、痛みをこらえて壁のほうに寝返りを打ったため、骨折した側が下になった。その瞬間、真っ青だった顔色が緑がかった白になり、元の体位に戻って気絶して、死んだようになった。

少女が元気になってからも、商人の息子は長いあいだ、少女と顔を合わせても話しかけなかった。何度か老婆に、「あの娘《こ》はこの屋敷が気に入らないのか」と聞いてみたが、いつも老婆は、「そんなことはございません」と言うだけだった。男の召使いで屋敷に置いておこうと決心したのは、1人だけだった。その男を知ったのは、ペルシャ国王がこの町に派遣している公使の晩餐会のときだった。そのとき給仕をしてくれたのだが、じつに周到な気配りをすると同時に、大変つつましく控え目な物腰に思えたので、商人の息子は、招待客たちの話を聞くよりも、その男を観察するほうが楽しかった。それだけに、何か月もたってからこの召使いに通りで話しかけられたときは、もっとうれしかった。あの晩餐会のときと同じ真摯な態度で、差し出がましいところなどまったくなく、挨拶をすませてから、「召使いとして雇っていただけませんか」と声をかけてきたのだ。桑の実《マルベリー》のように黒ずんだ顔色と、すばらしく洗練された物腰から、すぐに商人の息子は、例の男だとわかった。即座に雇うことにして、それまで使っていた若い召使い2人に暇を出した。それ以降、食事だけでなく他の席でも給仕は、真摯で控え目なこの男にしかさせなかった。夜間の外出許可をこの男が使うことは、まずなかった。めずらしいほど献身的に主人に仕えた。主人の望みは先回りしてすませ、主人の好き嫌いは、言われなくても察したので、主人のほうもますますこの男が気に入った。

食事の給仕はこの男にしかさせなかったが、果物や焼き菓子のボウルを運んでくるのは、女の召使いの仕事だった。若い娘で、老婆が連れてきた少女より2歳か3歳年上だった。その少女は、遠くから見たり、松明《たいまつ》の明かりで踊っている姿を見たときには、目鼻立ちがはっきり見えないせいで、特別に美しいとは思えないタイプだった。けれども近くで毎日のように見ていると、まぶたや唇のたとえようのない美しさに心を奪われた。彼女の美しいからだの、喜びのない無気力な動きが、人を寄せつけない不思議な世界の、謎の言語のように感じられた。

町では夏の暑さが厳しくなり、むっとするような熱気が家並みに漂い、蒸し暑くて寝苦しい満月の夜に、風がほこりを、誰もいない通りで白い雲のように吹き飛ばした。そんな季節になると、商人の息子は4人の召使いを連れて、山の別荘に出かけた。こんもりとした山に囲まれた狭い谷間には、似たような金持ちの別荘がたくさん並んでいた。峡谷の両サイドから滝が何本も落ちていて、冷気を恵んでくれた。月はほとんどいつも山陰に隠れていたが、大きな白い雲が、黒くつらなる山壁のむこうからヌッと現れて、暗く輝いている空をおごそかに横切って、逆サイドにつらなる山壁の向こうに消えるのだった。この別荘で商人の息子は、いつも通りの生活をした。何本もの滝やいくつもの庭の冷気が、別荘の木の壁をなでた。午後は、太陽が山の向こうに沈むまで、庭にすわって、たいてい本を読んでいた。その本は昔の偉大な王の戦記だった。ときどき彼は、敵の王の何千もの騎兵が叫びながら馬を方向転換させる箇所や、敵の王の戦車が川岸から落とされる箇所で、突然、読書を中断してしまうのだった。本から目を離さなくても、4人の召使いの目が自分に注がれているのを感じたからだ。頭を上げなくても、4人が黙ったまま、それぞれ別の部屋から、じっと自分を見ているることは、わかっていた。4人の召使いのことは、よく知っていた。自分が生きているという感覚よりも、4人が生きているという感覚のほうが、強くて迫力があった。自分のことはちょっと感動したり、不審に思う程度だが、4人のことを考えると、謎のようで息苦しくなった。悪夢にうなされるように、はっきりとこう感じたのだ。年配の2人は、毎時間ごと、彼もよく知っている顔つきや身ぶりを、かすかにだが、たえず変化させながら、死にむかって生きている。そして、2人の少女は、荒涼とした、いわば真空の中に入りこんで生きている。怖い夢を見たのに、目が覚めると、どういう夢だったのか思い出せないときは、ぞっとして、死ぬほどつらいが、それと同じように、召使いたちの生の重さが、商人の息子の全身にのしかかっていた。召使いたち自身、そんな重さのことなど知らなかった。

その不安に負けないためには、ときどき立ち上がって、歩き回る必要があった。足もとでギラギラ輝く砂利をながめた。そして、草や地面の冷たい香りのなかから、カーネーションの香りが、晴れやかな息づかいで立ち昇ってくるのを、またそのあいだに、ヘリオトロープの香りが、生温かくて甘ったるい雲となって立ち上がってくるのを、必死になって嗅ぎ取ろうとした。だがそうしているときも、4人の目を感じて、ほかにはなにも考えられなかった。頭を上げなくても、わかった。老婆が、いつもの窓辺にすわっている。血の気のない両手を、太陽の熱で焼けるように熱くなった蛇腹《コーニス》にのせて。血の気のない、仮面のような顔には、絶望した黒い目が死ぬこともできずに住みついていて、ますますぞっとする形相だ。頭を上げなくても、彼は感じた。召使いが数分のあいだ窓から離れて、戸棚を整理している。目を上げないまま、商人の息子は人知れず不安になりながら、召使いが窓のところに戻ってくる瞬間を待った。しなる枝を両手で後ろに押さえつけ、庭の隅の茂みにからだを隠して、美しい空のことしか考えないようにした。暗い網目のようになっている小枝や蔓《つる》のすき間から見える空は、濡れた小さなトルコ石がいくつも輝いているようだった。ところが商人の息子の血を支配し、その思考のすべてを支配していたのは、2人の少女の目が自分に向けられていることがわかっている、ということだけだった。年上の少女の目は、どんよりと悲しそうで、漠然とした要求で彼を苦しめている。年下の少女の目は、いらいらしながら彼をにらみつけて、せせら笑い、彼をますます苦しめている。とはいえ彼自身、うなだれて歩き回ったり、ひざをかがめてカーネーションを靭皮《じんぴ》で結んだり、からだをかがめて小枝の下にもぐりこんだりしている自分の姿が、そのまま4人に見られているとは、これっぽっちも思わなかった。4人がじっと見ているのは、彼の生の全体であり、彼の一番深いところにある本性であり、彼の人間としての不思議な至らなさなのだ、という気がしていた。

恐ろしいほど息苦しくなった。生から逃れることができないと思うと、死ぬほど不安になった。４人にずっと観察されていることより恐ろしかったのは、４人のせいで無理やり、自分のことを考えさせられ、なんの成果もなく疲労困憊することだった。そして４人の目から逃れるには、別荘の庭はあまりにも狭かった。けれども４人がすぐそばにいるときは、不安はきれいに消えて、それまでのことはほとんど忘れた。そんなときは、４人のことを完全に無視できた。あるいは、慣れ親しんでいる４人の動きを落ち着いて見守ることができた。４人から彼は、絶えず、いわばからだで４人の生を共感していたのだ。

年下の少女とは、ときおり階段や玄関で顔を合わせるだけだった。ほかの３人とは、しょっちゅう部屋でいっしょになった。あるとき年上の少女を、傾いた鏡のなかで見かけた。彼女は、床を高くした隣の部屋を通り抜けているところだったが、鏡のなかでは、奥から彼のほうに向かってきた。ゆっくり、しっかりした足取りだが、背筋をぴんと伸ばしていた。右腕と左腕にそれぞれ、痩せているが重そうな、黒ずんだブロンズ像をかかえている。インドの神様だ。台座に立っている足には装飾がほどこされている。黒ずんだ女神像は、台座が少女の手のひらにのせられ、全長は娘の腰からこめかみまであり、生命のないその体重を、生命のある少女のやわらかい肩にもたせかけていた。黒ずんだ頭部は口が蛇のように邪悪で、額には荒々しい目が3つあり、冷たくて硬い髪には不気味な飾りがついている。2つの頭部が、呼吸をしている少女のほっぺたの横で揺れ、ゆっくりした足取りに合わせて少女の美しいこめかみをなでていた。実際、この少女がおごそかに運んでいるのは、女神像ではなく、自分の美しい頭のようだった。耳の上のほうの明るい額の両側に、生きいきと輝く黒ずんだ金《きん》できた、カタツムリのような渦巻きの重そうな飾りをつけて、彼女は戦場の女王のようだった。彼は少女のすばらしい美しさに心を奪われた。けれども同時に、少女を抱きしめても、なんの意味もないだろうということも、はっきりわかっていた。よくわかっていた。この少女の美しさは、彼に憧れをいだかせるけれど、欲望をいだかせることはない。だから、鏡のなかの少女に見とれることはせず、部屋を出て、そして路地に出た。そして妙に落ち着かないまま、それぞれの家と庭のあいだにできた狭い陰をつたって歩いた。とうとう、庭師や花屋が住んでいる川岸までやってきた。そして、無駄だろうとわかっていたにもかかわらず、長いあいだ花か香料を探していた。あの少女の美しさに心を乱されたのだが、花の姿を見たり、その香りを嗅げば、あるいは香料から漂う息吹に触れれば、自分の心をかき乱したあの少女の美しさとまったく同じ甘美な魅力を、ほんの一瞬にせよ、味わうことができて、心が落ち着くのではないか、と思ったからだ。そして、むっとする温室をあちこち、憧れの目でのぞいて回り、もう暗くなっていた屋外では、からだを曲げて長い花壇を探してみたが、無駄だった。そのあいだ彼の頭は、無意識のうちに、何度も詩人のフレーズをくり返していた。とうとう苦しくなって、やめようとしたがやめることができなかった。「風に揺れるカーネーションの茎で、熟れた麦の香りで、君は私の憧れをかきたてた。だが君を見つけたとき、私の探していたのは、君ではなく、君の心の姉妹だった」

II

何日か前、手紙が届いて、彼はちょっと不安になった。手紙には署名がなかった。具体的にではないが、商人の息子の召使いを告発する手紙だった。「こいつは、以前の主人であるペルシャ公使の家で、あるいまわしい罪を犯しておるんです」。署名のない手紙の差出人は、召使いに激しい憎しみを抱いているらしく、脅し文句をたくさん並べていた。商人の息子自身に対しても、無作法な、ほとんど脅迫するような調子で書かれている。けれども、どんな犯罪がほのめかされているのか、推測できなかった。また、名前も名乗らず、なにも要求しない書き手にとって、そもそもこの手紙がどんな目的をもっているのかさえ、推測できなかった。商人の息子は何度もこの手紙を読んで、こんなにも不愉快なかたちで召使いを手放すことになるのかと思うと、大きな不安を感じていることを認めざるをえなかった。考えれば考えるほど、ますます心が穏やかでなくなった。召使いたちとは習慣やその他の力によって一心同体となっているのに、そのうちのひとりを手放すのかと思っただけで、ますます我慢できなくなった。

いらいらして歩き回った。怒りのあまり興奮して熱くなったので、上着を脱ぎ捨て、ベルトも外して、両足で踏みつけた。心から大切にしている持ち物を侮辱され、脅かされたかのような気持ちだった。自分自身から逃げ出して、愛しているものを否定せよ、と強制されたかのような気持ちだった。自分自身に同情した。そんな瞬間にいつも感じたように、自分はまだ子どもなのだと思った。4人の召使いが彼の屋敷から奪い去られる様子が、目に浮かんだ。自分の人生から中身が音もなくごっそり抜け落ちるような気がした。つらく甘い記憶も、なかば無意識の期待も、言葉にできないことも、すべてどこかに投げ捨てられ、無視されるような気がした。海草や藻くずの束のように。今はじめて彼は、父の気持ちを理解した。彼の父は、丸天井の倉庫に数々の富を積み上げていた。それらは、それらを探して手配した父の、感情をもたない美しい子どもたちであり、父の人生の一番奥深いところにある漠然とした欲望の不可解な産物だった。自分の獲得したそれらに対して、父は、愛情をかけながら不安もいっぱいだった。そういう父の愛情が子どもの彼には腹立たしかったのだが、今はじめてそれを理解した。昔の偉大な王も、その領土を奪われてしまったなら、死を選ぶほかなかったのだ、ということを彼は理解した。西の海から東の海まで遠征して、征服したその領土は、王が支配を夢見たものだが、あまりにも広大だったので、権力をふるうことができなかったため、その領土から受け取った貢ぎ物は、これを征服したのは私であり、この私だけがその王なのだ、という思いだけだった。

こんなに不安にさせられた一件を落着させるためなら、どんなことでもしようと決めた。当の召使いには問題の手紙のことはひとことも言わず、支度をして、ひとりで町に急いだ。町ではまず、ペルシャ王の公使が住んでいる屋敷を訪ねてみることにした。なにか手がかりが見つかるのではないか、と漠然と期待したからだ。

だが屋敷に着いたときは、午後も遅く、誰もいなかった。公使はおろか、若手の随行員のひとりすら。料理人と下級書記官だけが、建物を貫通している門道《アーケード》の涼しい薄暗がりのなかにすわっていた。けれどもふたりとも、風采が上がらず、返事もぶっきらぼうだったので、商人の息子は我慢できずに背を向けて、明日、もっと都合のいい時間に出直すことにした。

自分の屋敷は、別荘に行くので封鎖していた——というのも、町には召使いをひとりも残していなかった——ので、彼はよそ者のように、ひと晩の宿を探す算段をするしかなかった。よそ者のように好奇心たっぷりに、よく知っている通りをあちこち歩いているうちに、とうとう川岸にやってきた。小さな川はこの季節、ほとんど干上がっていた。そこから彼は、物思いに沈みながら、大勢の娼婦が住んでいるみすぼらしい通りを歩いていった。どこを歩いているのか、あまり気にせず、右に曲がると、人気のない、死んだように静かな袋小路で、突き当たりは、塔と勘違いするほど高くて急な石段だった。石段の途中で止まり、歩いてきた道をふり返った。何軒もの小さな家の中庭が見えた。あちこちの窓には、赤いカーテンがかかり、ほこりまみれの醜い花が置いてあった。干上がった川底は幅が広く、死ぬほど悲しそうだ。階段を上りつづけていくと、見覚えのない地区に出た。見覚えがないにもかかわらず、夢でそこの貧しい十字路を見たような気がした。歩きつづけていくと、宝石屋があった。この地区にはお似合いの、非常にみすぼらしい店だ。ショーウインドウには、質屋や故買屋でまとめ買いされたようなガラクタの装飾品が、ぎっしり並べられている。宝石には目がきく商人の息子が見たところ、お世辞でも美しいと言えそうな石すら、ほとんどなかった。

突然、古風な薄い金飾りに視線がとまった。緑柱石《ベリル》がちりばめられていて、なぜか召使いの老婆を思い出した。老婆が娘時代にそれに似た飾りをつけていたのを、おそらく見たことがあったからだろう。おまけにその石は、青ざめていて、どちらかといえばメランコリックで、老婆の年齢と外見に妙にしっくりしているようにも思えた。石を嵌《は》めている古風な台も、老婆と同じように悲しそうだ。そこでその飾りを買うために、みすぼらしい店に入った。上等な身なりの客が入ってきたのを見て、宝石屋の主人は非常に喜んだ。ショーウインドウに並べていない、もっと高価な石を見せようとした。宝石屋の老人に気をつかって、商人の息子はたくさん見せてもらったが、それ以上買うつもりはなかった。買ったとしても、孤独な暮らしなので、この種の贈り物をする機会もなかっただろう。とうとう我慢できなくなった。と同時に困惑した。店から逃げ出したいと思ったが、老人を傷つけたくもなかった。小さな石でも買って、すぐに店を出ることにした。なにげなく彼は、宝石屋の主人の肩越しに小さな手鏡をじっと見ていた。手鏡はちょっと曇っていたが、彼の心のなかにあった別の鏡のなかから、少女がこちらに向かってくる姿が見えた。額の両側に、ブロンズの女神像の黒ずんだ頭部をくっつけていた、あの少女だ。ふと、この少女の魅力の大部分を生み出している秘密がどこにあるのか、気がついた。若い女王にも似た少女の頭部を、肩と首が子どものような優美さでつつましく支えているからだった。そしてまた、ふと思った。その首に、細い金のネックレスを、ぐるぐる何重にも巻きつけると、子どもらしいけれど甲冑《よろい》を連想させるので、きれいだろうと。そういうネックレスがあれば見せてもらいたい、と言った。老人はドアを開けて、別室に彼を案内した。天井の低い居間だったが、ガラス棚や、カバーのない台架に装飾品がたくさん並んでいる。すぐにネックレスが見つかり、気に入ったので、両方でいくらになるか、値段をたずねた。老人はさらに、「古風な鞍のですね、準宝石をちりばめた珍品の金具もご覧になりませんか」とすすめた。「私は商人の息子なので、馬とはまるで縁がなくて。それどころか、乗馬の心得すらないんです。新しい鞍にも、古い鞍にも興味がなくて」。そう言って彼は、金貨1枚と銀貨2、3枚を払い、いい加減に店を出たいという素振りを見せた。老人は、それ以上なにも言わず、美しい薄葉紙を探し出して、ネックレスと緑柱石《ベリル》の飾りを、別々にくるみはじめた。そのあいだに商人の息子は、その部屋にひとつしかない低い格子窓のところへ行って、外を見た。隣の家が持っているらしい、非常に手入れの行き届いた菜園が見えた。菜園の向こう側にはガラスの温室が2棟と高い塀があった。彼はたちまちその温室が見たくなり、宝石屋の主人に、どうやったら行けるのか、たずねた。主人は、小さな2つの包みを手渡すと、隣の部屋を通って、中庭に案内してくれた。中庭は小さな格子戸で隣の家の菜園とつながっていた。宝石屋が立ち止まって、格子戸を鉄のばち《マレット》でノックした。菜園はひっそりしており、隣の家にも人の気配がない。そこで商人の息子は、うながされた。「構いませんから温室を見てください。もしも誰かになにか言われたら、あたしの名前を言えばいい。菜園の持ち主とは懇意なんで」。そう言って宝石屋は、あっさり格子に手をかけて、開けてくれた。商人の息子はすぐ塀ぞいに歩いて、近くにある温室に入った。目の前には、あまり見かけたことのない珍しいスイセンやアネモネが、山のように咲いていた。あまり見かけたこともなく名前もまったくわからない観葉植物もあったので、いつまでも見飽きることがなかった。ようやく目を上げたときには、まったく気づかないうちに、太陽は家並みの向こう側にすっかり沈んでいた。もうこれ以上、誰もいない他人の菜園でぐずぐずしているつもりはなかった。ただ、もうひとつの温室をガラス越しにちらっと見てから、立ち去るつもりだった。もうひとつの温室のガラス壁にそって、ゆっくりのぞいていたとき、突然、ギョッとして飛びすさった。誰かがガラスに顔を押しつけて、じっと彼を見ていたのだ。驚いたのは一瞬のことで、落ち着いてすぐ、子どもだとわかった。せいぜい4歳の、小さな女の子で、白いワンピースと青ざめた顔をガラスに押しつけていたのだ。しかし近くに寄って、よく見たとき、もう一度ギョッとした。不快な戦慄が首筋に走り、喉が、それからその下のほうでは胸が、かすかに締めつけられた。というのも、ぴくりとも動かず、じっとこちらを憎々しげに見ている子どもが、別荘に残してきた15歳の少女に、なぜか似ていたからだ。なにもかもがそっくりだった。まばらな眉も、ひくひくふるえる上品な小鼻も、薄い唇も。あの少女のように、この子どもも片方の肩をちょっと怒らせている。なにもかもがそっくりだった。ただ、この子どもは、そのなにもかもに、彼をぞっとさせる力があった。なぜこんなに恐怖を感じるのか、彼にはわからなかった。ただひとつだけわかっていたのは、もしもふり返って、その子どもの顔がガラス越しに彼の背中をじっと見つめているとわかったなら、彼はそれに耐えられなかっただろう、ということだった。

不安になって、温室のドアに向かい、中に入ろうとした。ドアは閉まっていた。外から閂《かんぬき》がかかっていた。あわてて、ずっと下のほうについている閂《かんぬき》に身をかがめ、力まかせに外した。そのため小指の関節を痛めてしまったが、駆けるように子どものほうに向かった。子どもも彼に向かってきた。ひとこともしゃべらないまま、彼のひざを突っ張り、小さな弱い手で彼を押し出そうとした。子どもを踏まないように苦労した。けれども近くにいると不安が小さくなった。かがみこんで子どもの顔を見た。血の気がまるでなく、目は怒りと憎しみでふるえ、下あごの小さな歯が、不気味な怒りをもって上唇に食いこんでいる。短くて細い子どもの髪をなでたとき、一瞬、彼の不安が消えた。けれどもその瞬間、別荘に残してきた少女の髪を思い出した。あの少女が目を閉じ、死んだように青ざめて、ベッドで寝ていたときに、触ったことがあったのだ。だが、すぐにまた背筋がぞっとした。両手が子どもの髪の毛からさっと離れた。子どもは彼を押しのけることをあきらめていた。2、3歩後ろに下がって、まっすぐ前を見ている。からだは弱々しく、白いワンピースを着たお人形のようだ。顔はぞっとするほど青ざめ、軽蔑を満面に浮かべている。それを見ていると、ほとんど耐えられなくなった。恐怖でいっぱいだったので、ポケットに入れた手が冷たいものに触ったときは、刺すような痛みをこめかみと喉に感じた。2、3枚の銀貨だ。それをポケットから取り出して、身をかがめて、子どもに渡した。きらきら輝いて、いい音がしたからだ。子どもは受け取ると、彼の足もとに捨てた。銀貨は、格子状に張りめぐらされた板の上に積まれている土のすき間に落ちて、見えなくなった。それから子どもは背中を向けて、ゆっくり歩いて出ていった。しばらくのあいだ彼は身動きせずに立っていた。だが、またあの子が戻ってきて、外からガラス越しにこちらを見るのではないかと思うと、不安で心臓がドキドキした。できることなら今すぐ、彼も立ち去りたかった。けれども、子どもが菜園から出ていってしまうまで、しばらく待っているほうがよかった。今はもうガラスの温室の中も明るさが落ち、植物たちのかたちが奇妙に見えはじめた。ちょっと離れた薄暗がりから、意味もなく脅迫する黒い枝たちが、不気味な姿を見せている。その向こうで白い光がチカチカしていた。まるであの子どもがそこにいるかのようだ。棚板のうえに、蠟《ろう》の造花を植えた陶器の鉢が一列に並んでいる。ちょっと時間をやり過ごすために、蠟《ろう》の花の数を数えた。硬直しているので、本物の生きた花には似ておらず、仮面をかぶっているようだった。目の穴がふさがってしまった陰険な仮面だ。数え終わると、ドアのところへ行き、外に出ようとした。ドアは開かなかった。あの子どもが外から閂《かんぬき》をかけていたのだ。彼は叫ぼうとした。けれども自分の声を聞くのが怖かった。拳《こぶし》でガラスをたたいた。菜園も家も、死んだように静まりかえっている。ただ、なにかが背後の灌木のあいだを、カサコソとすべっていく音だけが聞こえた。木の葉っぱだ、と自分に言い聞かせた。じめっとした空気のせいで落ちたのだ。にもかかわらず彼は、ガラスをノックするのをやめて、木や蔦がからまりあっている薄暗がりの中に目を凝らした。すると、日の暮れかかった奥の壁に、黒っぽい四角形の線のようなものが見えた。そちらのほうへ這っていった。今ではもう、陶器の植木鉢をいくつ踏んづけて壊しても、また頭上や背後で、ひょろ長い幹やザワザワと音を立てる扇のような樹冠が幽霊のように倒れてきても、気にならなかった。黒っぽい四角形の線は、ドアの外枠だった。ドアを押すと開いた。外気に顔をなでられた。背後では、折れた幹や踏んづけられた葉っぱが、嵐の後のようにかすかにざわめきながら起き上がってくる音が聞こえた。

彼は、塀にはさまれた狭い通路に立っていた。見上げると空が見えた。両側の塀は、人の背丈ほどの高さだ。通路を15歩ほど進むと、また塀に突き当たったので、また囚われの身になったのかと思った。どうしようかと思いながら前に進んだら、右側の塀に人ひとり通れるほどの穴が空いていた。穴から板が宙にかけられ、向こう側の家の屋上テラスに渡されていた。屋上テラスのこちら側は低い鉄格子で仕切られていて、両側には、高層住宅の裏壁がそびえていた。板は、敵船に乗り移るためのタラップのように、屋上テラスの縁にかかっていて、鉄格子には小さなドアがついていた。

この不安な場所から一刻も早く逃げ出したかった。商人の息子は、向こう岸をしっかり見すえながら、一歩、また一歩、板を渡りはじめた。しかし不幸なことに彼は、何階分もの壁にはさまれた深い溝を自分が渡っていることに気がついた。めまいでからだがふらつき、曲げたひざと足の裏に不安と絶望を感じ、死が近いと思った。ひざをついて目を閉じた。手探りして前に伸ばしていた腕が鉄格子にぶつかった。鉄格子にしがみつくと、鉄格子が動いた。しがみついている鉄格子のドアが、かすかにきしみながら、こちら側に、つまり奈落のほうに開いた。そのきしみが、死の息吹のように彼のからだを切り裂いた。心も疲れ、すっかり気力も失せて、予感した。つるつるした鉄格子が、子どもの指みたいに思える彼の指からするりと抜けて、自分は壁にぶつかって粉々になりながら、下に落ちていくのだ、と。だが、静かに開いたドアは、彼の足が板を踏み外す前に、動きを止めた。ガタガタふるえるからだを放り投げて、彼は、空いている穴から屋上テラスの床に転がりこんだ。

喜ぶ余裕はなかった。ふり返りもせず、この無意味な苦しみを憎むような重苦しい気分のまま、建物のひとつに入り、手入れをしていない階段を下りて、またしても醜くて下品な路地に出た。だが非常に悲しくて疲れていたので、喜びに値しそうなものなど、なにひとつ思い出せなかった。奇妙なことにすべてが抜け落ち、すっかり空っぽで、生から見放されたまま、路地を歩いた。そして次の路地も、そしてまた次の路地も。彼が歩いたのは、この町のお金持ちたちが住んでいて、彼が一晩の宿を探せるような場所へ彼を連れ戻してくれそうだと思える方向だった。ともかくベッドで眠りたくてたまらなかった。子どもじみた憧れをこめて、自分の大きなベッドのすばらしさを思い出した。それから、昔の大王のベッドのことも思い出した。敵の王たちの娘と結婚式をあげるときに用意したもので、自分のためには金のベッドを、仲間のためには銀のベッドを作らせた。ベッドを支えていたのは、上半身がワシで下半身がライオンの怪獣グリフォンと、翼をもった雄牛だ。思い出にふけっているあいだに、商人の息子は、低層の兵舎が並んでいる地区を歩いていた。気がつくと、格子窓のところに黄ばんだ顔で悲しそうな目をした兵士が2、3人すわっていて、彼に呼びかけている。頭を上げると、部屋からムッとする臭いが鼻をついた。独特の臭いで、息苦しくなった。だが彼は、なにを言われているのか、わからなかった。ぼんやり歩いていると声をかけられたので、門のところを通りすぎるとき、中庭をのぞいて見た。非常に広くて、わびしい感じだ。日暮れだったので、中庭の広さとわびしさが増幅しているように思えた。人影もごくわずかで、中庭を囲んでいる建物も低くて、うす汚れた黄色だった。そのせいで中庭が、さらにさびしく、さらに広く感じられた。ある場所では約20頭の馬がまっすぐ一列になって、留め杭につながれていた。どの馬の前にも、汚れたドリル織りの厩舎用の上っ張りを着た兵士が一名ずつ、ひざをついて、蹄《ひづめ》を洗っている。ずっと遠くのほうでは、似たようなドリル織りの上下を着た人間が大勢、2人一組になって門から入ってきた。のろのろ足を引きずるように歩き、肩には重そうな袋をかついでいる。こちらに近づいてきて、はじめてわかった。袋の口を開けたまま、黙って引きずるようにして運んでいるのは、パンだった。見ているとその姿は、建物を通り抜けている門道《アーケード》にゆっくり消えていった。醜くて油断できない荷物を背負わされているように歩いていった。彼らがパンを入れて運んでいる袋は、悲しい彼らのからだに着せられた服のようだった。

それから彼は、馬の前でかがみこんで蹄《ひづめ》を洗っている兵士たちのところへ歩いていった。彼らも、おたがいに似ていた。また、格子窓のところにすわっていた兵士たちにも似ていた。パンを運んでいた兵士たちにも。近くの、あちこちの村からやってきたにちがいなかった。蹄《ひづめ》を洗っている兵士たちも、おたがいにほとんどしゃべらない。馬の前脚を支えるのが非常に大変なので、頭がぐらぐら揺れている。疲れて黄ばんだ顔が、強風にあおられたように上下している。ほとんどどの馬も顔が醜い。上唇をつり上げているので上の犬歯がむき出しになり、耳を後ろに引いて、意地悪そうな表情だ。ほとんどの馬が、目を意地悪くギョロつかせている。また奇妙なことに、鼻孔をゆがめ、いらいらして軽蔑するような鼻息を吐いている。列の最後にいた馬が、とりわけ頑丈で醜かった。男がひざをついて、洗った蹄《ひづめ》を乾かしてくれているのに、大きな歯で男の肩にかぶりつこうとしている。男は、ほおがこけ落ち、疲れた目には死ぬほど悲しい表情が宿っていた。商人の息子は、胸が痛くなるほど深い同情に襲われた。なにかプレゼントして、一瞬でもこのあわれな男を元気づけたいと思い、ポケットに銀貨を探した。銀貨は1枚もなく、思い出した。最後の2、3枚は、温室であの子どもにプレゼントしようとしたのだが、悪意に満ちた目つきで彼の足もとに投げ返されたのだった。金貨を探してみた。この旅のために7枚か8枚は入れてきたはずだ。

その瞬間、馬が首の向きを変えて、彼をじっと見た。耳を陰険に後ろに引いて、目をギョロつかせている。ちょうど目の高さのところで一筋の白斑が、醜い馬面を斜めに横切っているので、その目は、ますます意地悪で凶暴そうに見えた。その醜い馬面を見ていたとき、雷に撃たれたように突然、とっくの昔に忘れていた人間の顔を思い出した。これまではどんなに努力しても、その人間の顔つきを思い出すことができなかったのだが、今はそれが目の前にあった。しかしその顔にまつわる記憶は、それほどはっきりしていなかった。彼が生まれて12年目のことだった、ということしかわからない。その頃の記憶は、皮をむいた、温かくて、甘いアーモンドの香りと、なぜか結びついていた。

そしてそれは、父親の店で一度だけ見たことのある醜い貧乏人のゆがんだ顔だった。その顔が不安でゆがんでいたのは、高額の金貨を1枚もっていたのに、どこでそれを手に入れたのか、言おうとしなかったので、みんなに脅かされていたからだ。それくらいしか彼は覚えていなかった。

その顔がまたぼんやりして消えていくあいだ、商人の息子はあいかわらず指で、あちこちの隠しポケットをさぐっていた。突然、ぼんやり考え事をして、指の動きが止まった。隠しポケットからぐずぐずと手を出したはずみで、薄葉紙にくるまれた緑柱石《ベリル》の飾りを、馬の足もとに落としてしまった。彼がからだをかがめると、馬に蹄《ひづめ》で思いっきり横から腰を蹴られ、仰向けに倒れた。大声でうめき、ひざを立てて、かかとで地面をたたきつづけた。2、3人の兵士が立ち上がって、彼の肩とひかがみを持って抱き上げた。兵士たちの服の臭いがした。部屋から通りに臭ってきたのと同じ、あの慰めようのない、ムッとする臭いだ。昔、はるか昔に嗅いだことがある。どこでだったのか、思い出そうとしたとき、意識がなくなった。そのまま彼は運ばれていった。低い階段を上り、長くて薄暗い廊下を通り、兵士たちの部屋のひとつに入って、低い鉄のベッドに寝かされた。兵士たちは、彼が着ている服をすみずみまで探し、ネックレスと金貨7枚を奪ったが、うめきつづける彼に同情して、ようやく外科医を呼びにいった。

しばらくして彼は目を覚まし、痛みを感じて苦しんだ。それよりもっと恐ろしくて不安だったのは、慰めようのない部屋にひとりでいることだった。目は、くぼみのところが痛んだが、やっとの思いで壁のほうに向けると、板の棚にパンの塊が3つのっているのが見えた。中庭で兵士たちが運んでいたパンに似ている。

それ以外に部屋にあったものといえば、固くて低いベッドと、マットレスに詰めてある乾いた葦の匂いと、あの慰めようのない、ムッとする臭いだけだった。

しばらくのあいだ、痛くてたまらず、死んでしまうのではないか、という不安で頭がいっぱいだった。死の不安と比べれば、痛みなど気休めだった。そのうち、死の不安を一瞬のあいだ忘れて、どうしてこんなことになったのか、考えることができた。

そのとき、別の不安を感じた。彼を押しつぶすというよりは、刺すような不安、はじめて感じるのではない不安だった。だが今は、その不安を克服したように感じていた。そして彼は、握りこぶしを固めて、自分を死へ追いやった召使いたちを呪った。あの男のせいで、町へ帰ってきたのだ。あの老婆のせいで、宝石屋に足を踏み入れたのだ。あの年上の娘のせいで、隣の部屋へ行くことになったのだ。あの陰険な子どもが年下の娘にそっくりだったせいで、ガラスの温室に入ることになったのだ。その温室から、恐ろしい階段や板の橋を通って、馬の蹄《ひづめ》に蹴られてよろめく自分の姿が見える。それから彼は、鈍くて大きな不安のなかに戻った。それから、子どものようにしくしく泣いた。苦痛のせいではなく、苦悩のせいで。歯がガチガチ鳴った。ものすごく苦い思いを噛みしめながら、これまでの人生をじっとふり返った。これまで好ましく思っていたものをすべて否認した。早すぎる自分の死を憎むあまり、自分の生を憎んだ。生が自分を死へ導いたのだから。この心の荒れ模様で彼の力は使い果たされた。めまいがした。しばらくのあいだ眠って、よろめくような悪夢を見た。そして目が覚めて、叫ぼうとした。あいかわらずひとりだったからだ。だが声が出なかった。最後に胆汁を吐いた。それから血を吐いた。そして顔をゆがめて死んだ。唇が噛みちぎられて歯と歯茎がむき出しになり、怒った表情は、別人のようだった。

騎兵物語

Reitergeschichte〈1898〈1899〉〉

1848年7月22日、午前6時前、偵察コマンド隊が、サン・アレッサンドロの士官食堂を後にして、ミラノに向かった。ヴァルモーデン甲騎兵隊の第2中隊、騎兵大尉ロフラーノ男爵ひきいる107騎だった。あざやかに広がる風景は、言葉につくせないほど静かだった。遠くの山々の頂から静かな煙のような朝雲が、まぶしい空にむかって昇ってきた。畑のトウモロコシはぴくりとも動かず、洗われたような木立にはさまれてコッテージや教会が輝いていた。偵察コマンド隊が自軍の最前線から1マイルほど前進したかと思ったとき、トウモロコシ畑のあいだで武器がきらめき、前衛が敵の歩兵隊を報告した。騎兵中隊は街道のわきで攻撃態勢を整えた。猫の鳴き声かと思うような、奇妙なうるさい音の銃弾にさらされながら、畑を横断して攻撃し、ばらばらの武器をもった一隊をウズラのように蹴散らした。それは、マナラ軍の兵士で、風変わりな頭巾をつけていた。捕虜たちは伍長1名と兵卒8名に引き渡されて、後方に送られた。車道の両側に太古の糸杉が並んでいる美しい別荘の前で、前衛が、怪しい人影を報告した。アントン・レルヒ曹長が馬を下り、カービン銃をもった兵12名を連れて、窓を包囲し、ピザ軍の学生18名を捕虜にした。手は白く、髪は長めの、良家の上品な若者たちだった。半時間後、騎兵中隊は、ベルガモ風の身なりで通りかかった男を捕まえた。あまりにも人畜無害で目立たない様子だったため、かえって怪しまれた。男は上着の裏地にきわめて重要な書類を縫い込んでいた。ジュディカリエでの義勇軍の結成と、その義勇軍とピエモンテ軍との連携にかんする詳細な計画が書かれていた。午前10時ごろ、家畜の群れが偵察コマンド隊の手に入った。その直後、強力な敵の一隊が立ちはだかり、墓地の塀から前衛に銃弾を浴びせつづけた。少尉トラウトゾーン伯爵ひきいる先頭小隊が、低い塀を跳び越えて、墓石のあいだにいる敵を襲ったので、敵はすっかり混乱して、その大部分が教会に逃げこみ、聖具室の扉を抜けて、うっそうとした林に隠れた。新しい捕虜27名は、法王庁の将校の支配下にあるナポリ義勇軍だと名乗った。中隊側の死者は1名。その林を巡回する小隊は、上等兵ヴォトルベクと竜騎兵ホルと竜騎兵ハインドルとで編成されていたが、2頭の農馬の引く軽榴弾砲を手に入れた。護衛を襲撃して、馬の面繋《おもがい》をつかんで、馬の首の向きを変えたのだ。上等兵ヴォトルベクは軽傷を負ったため、戦果やその他の上首尾の報告といっしょに司令部へ送還された。捕虜たちも同様に搬送されたが、榴弾砲は、護送要員を差し引いてもまだ78騎からなる中隊に帯同された。

さまざまな捕虜たちの供述を集約したところ、ミラノの町から敵は、正規軍、非正規軍を問わず、完全に撤退し、火器弾薬もすっかり運び去られたとわかったので、騎兵大尉ロフラーノとしても、また中隊としても、目の前に無防備に広がる美しい大きなこの町に入城もせず、素通りすることなど考えられなかった。正午の鐘が鳴っているなか、大行進の合図を4本のトランペットが、鋼《はがね》のように輝いている空にむかってたたきつけた。その合図は千枚の窓をびりびり鳴らし、それを受けて78の胸甲と、ささげ持たれた78の抜き身の刀が、きらりと光った。通りは右側も左側も、蟻塚が掘り返されたように、驚いた顔がぎっしり並んでいる。青ざめた顔をしてののしりながら扉を閉めて、建物のなかに姿を消す者もいる。まだ寝ていた窓が、知らない美女の露出した腕でさっと開けられる。サン・バビーラ教会の前を通り、サン・フェデーレ教会の前を通り、サン・カルロ教会の前を通り、世界中に知られている大理石の大聖堂《ドゥオーモ》の前を通り、サン・サティーロ聖堂の前を通り、サン・ジョルジョ教会の前を通り、サン・ロレンツォ聖堂の前を通り、サン・エウストルジョ聖堂の前を通る。それらの建物の大昔の青銅の門は、すべて大きく開かれており、銀色の聖者たちがロウソクの明かりと香煙に包まれており、華やかで美しく高価な衣装の女性たちがこちらに向かって手をふっている。銃撃されるかもしれないのに、千もの屋根裏部屋や、門のアーチや、低い屋台から顔を出すのは、いつも、歯が白く、髪は褐色の、10代半ばの少年少女だけだ。血の飛び散ったほこりを仮面にし、その仮面から目を光らせて、これらすべてを見下ろしながら、だく足《トロット》で馬を走らせた。こうして美しい騎兵中隊は、ヴェネツィア門から入り、ティチネーゼ門から出て、ミラノの町を通り抜けた。ティチネーゼ門からそれほど遠くないところで、姿のきれいなプラタナスに覆われた斜堤がつづいている。曹長アントン・レルヒは、そこに新築された薄黄色の家の1階の窓に、顔見知りの女を見たような気がした。気になったので、鞍にまたがったまままふり返った。と同時にそのとき、馬の数歩にぎこちなさを感じた。前足の蹄鉄に街道の石が食い込んだのだろう。それに、自分は中隊の最後尾で騎乗しており、隊列を離れても誰の邪魔になることもない。そう考えて馬を下りることにしたのだが、その前にはもう、馬身の前半分を問題の家の玄関口に乗り入れていた。蹄《ひづめ》を調べようと栗毛の馬の、白い筋の入った2本目の前足を持ち上げようとしたとき、家の中で玄関口に通じる一番近くの部屋のドアが開いて、ちょっと乱れたネグリジェ姿の、むちむちした、まだ若いと言ってもさしつかえない女が見えた。後ろに見えた明るい部屋は窓が庭に面している。窓敷居にはバジルや赤いテンジクアオイの鉢が2、3個。さらにマホガニーのたんす、神話の群像をモチーフにしたテラコッタ人形が、曹長の目に入った。と同時に、彼の鋭い視線は、窓と窓のあいだの壁鏡に映る反対側の壁も見逃さなかった。その壁いっぱいに大きな白いベッドがあり、同じ壁紙を張って壁に埋めこまれた隠しドアが見えた。その瞬間、そこを通って、きれいにヒゲを剃り上げた、太った中年男が出ていった。

曹長は、その女の名前を思い出した。と同時に、ほかのこともいろいろ思い出した。クロアチアの主計下士官の、未亡人か、別れた妻だった。彼女とは9年か10年前、ウィーンで、その主計下士官ではない、当時の彼女の本命の恋人もいっしょに、夕方から夜更けまで幾晩か過ごしたことがあった。そんなことを思い出しながら、目の前に見えるむっちりしたからだの下に、当時の彼女の、むっちりしてほっそりした体型を目で追いかけた。目の前の女が、どこか媚びるようなスラブ風のほほ笑みを返してきたので、彼のたくましい首と目に血がのぼってきた。とはいえ彼は、ちょっと気取った女の話し方とか、ネグリジェや家具調度に、気圧されていたのだが。ぎこちない視線で、女の髪にさした櫛《くし》のうえを動き回っている大きなハエを追いかけながら、そのハエを追い払う自分の手を、どうやればすっと、女の白くて温かくて冷たいうなじに置くことができるか、それしか頭になかった。だが一瞬、今日の戦いの勝利やその他の上首尾のことが頭をよぎると、頭のてっぺんからつま先までそのことで意識がいっぱいになり、女の頭をぎこちない手つきで引き寄せて、「ヴーイチ」と言った。——その苗字は、たしかこの10年間、口にしたこともなかったし、洗礼名のほうはすっかり忘れてしまっていた。——「1週間後に俺たち、ここに進駐する。そしたらあそこが俺の宿舎になる」と、半開きの部屋のドアを指さした。そのあいだに彼は、家のなかで何度もドアが閉まる音を聞いた。そして馬の気配から、ぐずぐずしてはいけないという気持ちになった。最初は黙ったまま手綱をぐいぐい引っ張っていた馬が、そのうち高くいななないて仲間を呼んだのだ。馬に飛び乗り、急いで中隊を追いかけた。ヴーイチは言葉を返さず、首をすくめ、困ったという顔をして笑っただけだった。自分が口にした言葉に彼は縛られていた。隊列のわきを、常歩《なみあし》に戻って馬を進め、灼熱の金属のように重苦しい空の下を、馬の足が蹴り上げる砂煙《すなけむり》に視界をさえぎられながら、曹長はますます、マホガニーの家具とバジルの鉢のある、あの部屋で暮らしている気分になっていった。と同時に、市民の日常生活の雰囲気にひたっていった。戦争の気配がわずかに感じられるものの、宮仕えの堅苦しさもなく好き勝手ができる雰囲気で、スリッパをはき、サーベルの柄をナイトガウンの左ポケットの穴に差し込んでいる生活だ。壁紙の隠しドアから姿を消した、あの、きれいにヒゲを剃り上げた太った男は、聖職者か、宮廷で召使いをやっていた年金生活者といったところだが、この雰囲気のなかでは、大きくて美しいベッドや、ヴーイチの上品な白い肌より、もっと重要な役割を演じていたと言っていいだろう。あるときは、打ち解けた、ちょっと子分のような友達といった役柄で、宮廷の噂話をしたり、タバコやニワトリの肉を持ってきてくれたりする。またあるときは、壁に押しつけられて、口止め料を払わされ、あらゆる陰謀とかかわりがあり、ピエモンテ軍の内情に通じており、法王庁のコックであり、売春を斡旋し、庭に面した秘密の広間を政治的な会合に提供する怪しい屋敷の持ち主であり、そして、ぶよぶよの巨人の姿になって、樽みたいなからだに20箇所ほど穴を開けられ、栓を外せば、血のかわりに金《きん》が流れて出てくるのだった。

偵察コマンド隊には午後の数時間、なにも起きなかった。曹長の白昼夢は、止《とど》まるところを知らなかった。しかし心のなかには、思いもかけない収穫を渇望する気持ちが頭をもたげてきた。賞与が、突然ポケットに転がり込むドゥカート金貨が、頭から離れない。もうすぐマホガニーの家具のある部屋にはじめて足を踏み入れるのだ、と思うと、肉にトゲが刺さり、そのトゲのまわりで、ありとあらゆる願いや欲望が化膿して、ふくれあがってくるようだった。

日が暮れかかった頃、偵察コマンド隊は、餌をやって小休止させた馬に乗り、迂回してローディとアッダ川の橋にむかって進もうとした。そのあたりで敵と接触する公算が非常に大きかったからだ。そうやって進軍しているとき、曹長は、街道から離れた村が、心をそそられるほど怪しいと思った。村は、日が暮れていく窪地にあって、鐘楼がなかば崩れかけている。そこで彼は、兵卒のホルとスカルモリンを呼び、ふたりを連れて隊列を離れた。その村で、護衛の手薄な敵の将軍を急襲してやろうと思った。でなければ、莫大なほうびにありついてやろうと思った。興奮して想像がふくらんだ。どうやら人が住まなくなっているらしい、みじめな村の手前に到着した。曹長は、スカルモリンには右手から、ホルには左手から、集落を馬で巡回するように命令した。そして自分は、ピストルを握り、ギャロップで中央の通りを駆け抜けようとした。しかしすぐに、硬い石が敷きつめられていることに気づいた。おまけに敷石には、なにやら滑りやすい油脂が撒かれていたので、馬を常歩《なみあし》にするしかなかった。村は死んだように静かだ。子どももいない。鳥もいない。風もそよがない。右手にも、左手にも、きたならしい小さな家が並んでいる。壁から漆喰が剝がれている。漆喰の剝がれたレンガには、不快な落書きが炭であちこちに書かれている。あちこちの家で開いたままのドアから曹長が中をのぞいてみると、ベッドに半裸の姿でだらしなくすわっている人間や、腰が抜けたように足を引きずりながら部屋を歩いていく人間が、見えた。馬の足が重くなって、後ろ脚を苦労して運んでいる。まるで鉛の脚のようだ。ふり返って、からだをかがめて、後ろ足の蹄鉄を見ていると、とある家から足を引きずる音が聞こえた。彼がからだを起こすと、馬の鼻の先を女が歩いていった。顔は見えなかった。だらしない身なりだ。花模様の絹のスカートは、破れて汚れていて、水たまりの中を引きずられている。素足にスリッパだ。馬の鼻の先に近づきすぎたので、馬の鼻息が、脂で光る巻き毛の束を揺らした。束ねた巻き毛は、古い麦藁帽子の下のうなじに垂れている。だが女は足を速めるわけでもなく、騎兵を避けもしなかった。

左手にある家のドアの敷居から2匹のネズミが、嚙み合って血を流しながら、通りの真ん中に転がってきた。下になっているネズミが、あまりにもあわれな悲鳴をあげたので、曹長の馬が立ち止まり、首を傾げて大きな鼻息を立てながら、じっと地面を見ていた。曹長が太ももで馬の胴をぎゅっと締めつけると、馬は歩き出した。そのときにはもう女は玄関に姿を消していた。曹長は女の顔を見ることができないままだった。隣の家から犬が首を上げて大急ぎで出てきた。骨を通りの真ん中に落として、舗石のすき間に埋めようとしている。白の、きたならしい雌犬で、乳首が垂れている。必死になって掘ってから、骨を歯でくわえて、ちょっと先へ運んだ。そこでまた掘りはじめているあいだに、そばに3匹の犬が寄ってきていた。2匹は非常に若く、きゃしゃな骨格で、皮膚がたるんでいる。吠えることも嚙むこともできず、とがっていない歯で、相手の口の端を引っ張り合っている。その2匹といっしょにやってきた3匹目は、薄黄色のグレイハウンドで、胴体がひどくふくれている。自分のからだを細い4本の脚で支えて、まったくノロノロとしか運べない。胴体が太鼓のように張って太いのに、頭があまりにも小さすぎるように思えた。落ち着きのない小さな目は、痛みと息苦しさを恐ろしい色で浮かべている。そこへすぐ犬が2匹やってきた。両方の目がただれて膿が流れ、ものすごくガツガツして醜く、痩せた白い犬と、すらりとした脚をした、出来そこないのダックスフントだ。ダックスフントは曹長にむかって頭を上げ、じっと見つめている。ものすごい年寄りにちがいない。目は疲れ果て、かぎりなく悲しそうだ。雌犬が、馬鹿みたいにせかせかと騎兵の前を行ったり来たりしている。若い2匹は、やわらかい口で音を立てずに、馬の蹄《ひづめ》とくるぶしの間にかぶりついている。グレイハウンドは、馬の蹄《ひづめ》のすぐ手前で、自分の恐ろしく大きな図体を引きずっている。栗毛の馬は一歩も前に進むことができなかった。曹長は、1匹を狙ってピストルを発射しようとしたが、不発に終わったので、両足で拍車をかけ、蹄《ひづめ》の音を石畳に響かせて馬を走らせた。だが何歩も進まないうちに手綱をぐいと引いて、馬を止めることになった。雌牛が道をふさいでいたのだ。若者に綱をつけられて屠畜台まで引っ張っていかれるところだった。雌牛は、血のにおいにおびえ、戸口の側柱に釘づけにされた黒い仔牛の生皮《なまかわ》に恐れをなして、足を踏んばり、鼻孔をふくらませて、赤い夕陽のもやっとした空気を吸い、棒と綱で若者に追い立てられる前に、悲しそうな目で干し草をひと口むしりとった。曹長が鞍の前にくくりつけておいた干し草だった。

こうして曹長は、その村の最後の家を後にした。崩れた低い塀にはさまれて馬を進めながら、干上がっているらしい堀にかけられたアーチの石橋のかなたに、道がさらにつづいているのが見えた。けれども馬の足の運び方に、言いようのない重さを感じた。前進している感覚がない。左右の塀が歩幅の分だけ後退していくのを確かめるのに苦労した。いやそれどころか、塀にいるムカデやワラジムシが後退していくのを確かめることにさえ苦労した。いまいましい村の巡回に、測りしれないほど時間を使ってしまったな、と彼は思った。と同時に馬の胸から、鹿のうなり声のような息が吐き出された。まったく聞いたことのないその音が、なんの音なのか、すぐには見当がつかず、どこから聞こえてくるのだろうかと、最初は身のまわりの上下左右を探し、最後は遠くを探した。すると彼は、アーチの石橋の向こうで、しかも、自分のいる位置とほぼ同じくらい石橋から離れた位置で、自分と同じ隊の騎兵が、こちらにむかって馬を走らせているのに気づいた。それも曹長だ。おまけに馬も栗毛で、前脚に白い筋が入っている。自分が今この瞬間に乗っている馬を別として、自分の中隊にそんな馬がいないことはよくわかっていた。それにあいかわらず相手の騎士の顔が識別できなかった。もどかしくなって彼は馬に拍車までかけ、勢いのあるトロットで走った。すると相手の騎士もまったく同じテンポで走るようになり、両者のあいだは、石を投げれば届くほどの距離になった。両方の馬が、それぞれの側から、同時に、同じように白い筋の入った前脚で、アーチの石橋を踏んだその瞬間、曹長は、視線を動かさずに見えてきた相手が自分自身なのだと気づき、無我夢中で手綱を引き、相手にむかって右手の指を大きく広げて突き出した。すると相手も同じように、馬を止め、右手を上げたと思ったら、突然、その場から姿を消し、兵卒のホルとスカルモリンが、干上がった堀の右手と左手から、なにくわぬ顔をして出てきた。と同時に、放牧場の向こうで騎兵中隊のトランペットが「突撃」の合図を吹き鳴らした。はっきり聞こえたので、そんなに離れてはいないのだろう。曹長が、起伏のある土地を最速のギャロップで駆け上がってみると、すでに騎兵中隊はギャロップで林にむかって突進していた。林の狭い場所から長槍をもった敵の騎兵があわてて飛び出してきた。曹長は、ゆるめていた4本の手綱を左手にまとめ、革ベルトを右手に巻きつけた。第4小隊が中隊から離れて速度をゆるめていくのが見えた。曹長はすでに、地鳴りのする地面のうえで、激しい砂ぼこりを吸いながら、敵のまっただ中にいた。長槍を持っている青服の腕に打ちかかった。すぐそばに隊長の顔が見えた。目をかっと見開き、怒りで歯をむき出している。そのとき突然、曹長は、敵の顔と見覚えのない色ばかりにはさまれて、身動きがとれなくなった。入り乱れてふり回される白刃の下をくぐり、すぐ近くにいた敵の首を刺し、馬を下りた。横を見ると、兵卒のスカルモリンが笑いながら、手綱を握った敵の指を切り落としたはずみに、馬の首にまで深い傷を負わせてしまった。戦闘は峠を越したと感じた。突然、曹長はたったひとり小川のほとりで、葦毛の馬に乗った敵の士官の背後にいた。士官は小川を渡ろうとしたが、葦毛が動かない。士官が葦毛の首の向きを変え、ひどく青ざめた若者の顔とピストルの銃口を曹長に向けたとき、士官の口をサーベルが貫いた。サーベルの切っ先には、ギャロップで駆けてきた馬の体重がもろに込められていた。曹長は士官の口からサーベルを引き抜いた。そして、葦毛から落ちる士官の指が手綱から離れた瞬間、さっと葦毛のハミをつかんだ。葦毛は鹿のように軽やかに優美に足を上げ、死んでいく主人をまたいで越えた。

曹長がみごとな馬を戦利品にして戻ったとき、重く垂れこめた靄《もや》のなかで沈んでいく太陽が、放牧場をとてつもない赤に染めていた。蹄《ひづめ》の跡がひとつもない場所にさえ、たくさんの血だまりがあるように見えた。白い軍服や笑っている顔が赤い光を反射し、胸甲や鞍覆いが火花を散らして赤く燃えていた。もっとも強烈に赤く燃えていたのが、3本の小さなイチジクの木だった。そのやわらかい葉っぱで、騎兵たちが笑いながらサーベルの血糊を拭きとっていたのだ。赤い斑点をつけたイチジクの木のそばで、騎兵中隊長が馬を止めた。その横で騎兵中隊のトランペット吹きが、赤い樹液にひたしたようなトランペットを口にあてて、集合ラッパを吹いた。曹長は、小隊から小隊へと馬を進めて、中隊から死者はひとりも出なかったこと、それどころか9頭の馬が戦利品であることを確認した。中隊長のところへ行って、報告したが、そのあいだずっと引き連れていた葦毛は、首を立てて小躍りするように足を踏み鳴らし、息を吸っていた。美しくて虚栄心の強い若駒そのもののように。中隊長は、報告にぼんやり耳を傾けているだけだった。合図をして少尉トラウトゾーン伯爵を自分のところへ呼んだ。少尉は、すぐに馬から下りた。そして、同じく馬から下りた6名の甲騎兵6名に、砲を脇へ引いていかせ、小川がつくった小さな沼に沈めさせた。それからまた馬に乗り、用済みの荷馬2頭をサーベルの刃の腹で追い払ってから、無言で自分の位置である第1小隊の先頭に戻った。2列編成の中隊は、そのあいだ落ち着きがなかったわけではない。だがそこを支配していた気分は、普段とはちがった。1日に4回も戦闘で勝利したのだから、興奮するのは当然だ。こらえきれずにちょっと笑いをこぼし、小声で呼びかけあっていた。馬たちも落ち着きがなかった。捕獲された敵の馬たちも隊列に割り込まされていたので、隣になった馬たちがとくに落ち着かなかった。勝利の幸運の後にこんな隊列を組まされるのは、誰にとっても窮屈すぎた。勝者である騎士たちは内心、これから新手の敵軍に突進して、打ちかかり、敵の馬をもっと分捕りたいと思っていた。その瞬間、騎兵中隊長ロフラーノ男爵が、中隊の正面に馬を進めた。ちょっと眠そうな青い目から重いまぶたを持ち上げて、はっきり聞こえる声で、だが声を張り上げることはなく、「敵の馬を放せ！」と命令した。騎兵中隊は死んだように静かになった。ただ、曹長のそばにいた葦毛だけが首を伸ばして、騎兵中隊長が乗っている馬の額すれすれに、鼻孔を近づけた。中隊長はサーベルを腰にしまい、鞍に装着したホルスターからピストルを1挺抜き出した。そして、手綱を握っている手の甲で、きらめく銃身にちょっとついているほこりを拭いながら、さっきよりちょっと大きな声で命令をくり返した。そしてすぐに「1」、「2」と数えはじめた。「2」が終わってから、ヴェールのかかった視線を曹長に向けたまま動かさなかった。曹長は、中隊長の前で鞍にまたがったまま身動きせず、中隊長の顔をじっと見ていた。曹長アントン・レルヒのじっと動かない視線には、ほんのときおりだが、抑えつけられた犬のような根性が、パッと燃え上がっては姿を消していた。その視線は、長年にわたる服務から生まれた献身的な信頼のようなものを体現していたのかもしれない。しかし曹長は、この瞬間の恐ろしい緊張をほとんど意識していなかった。異様に居心地のいい多種多様なイメージが、洪水のように彼の意識にあふれていた。そして、彼自身まったく知らない自分の内面の深いところから、自分の目の前にいる男に対して野獣のような怒りがこみ上げてきた。この馬を取り上げようとしているのか。その男の顔に対して、その声に対して、その態度に対して、その全存在に対して、恐ろしいまでの怒りがこみ上げてきた。長い年月にわたって身近で暮らさなければ生じないような、不思議な怒りだ。中隊長も、似たような気持ちになったのか。それとも、部下の無言の不服従のこの瞬間に、音もなく自分のまわりに忍び寄る危機的状況の危険が切迫してきたと思ったのか。それはわからない。なげやりな、ほとんど優美といっていいくらいの動きで、中隊長が腕を持ち上げた。軽蔑するように上唇を引き上げながら「3」と数えたときには、もうピストルが撃たれていた。曹長は額を撃ち抜かれ、上半身がよろめいて、馬の首に倒れかかってから、栗毛と葦毛のあいだの地面に落ちた。曹長のからだが地面に打ちつけられる前に、士官も兵卒も全員が、手綱を離すか、足で蹴るかして、敵の馬を放していた。中隊長は、ピストルを静かにホルスターに戻し、まだ雷のような衝撃にすくみ上がっている騎兵中隊を、ぼんやりとしか見えない遠くの夕暮れのなかで再集結しているらしい敵軍にむかって、あらためて進撃させることができた。しかし敵軍は新規の攻撃をしかけてくることがなかった。しばらくしてから偵察コマンド隊は、なんの邪魔もされずに自軍の南の前哨線に到着した。

バソンピエール元帥の体験

Erlebnis des Marschalls von Bassompierre（1900〈1900〉）

人生のある時期、私は、仕事の都合でほぼ規則的に、週に何回か、ある時間に小さな橋［1853年建造の小橋《プチ・ポン》のことではない］を渡っていた（というのも当時はまだ新橋《ポン・ヌフ》［完成1607年］が架けられていなかったので）。そして何人かの職人など平民に顔を知られるようになり、その人たちから挨拶されるようになった。なかでも、もっとも印象的で欠かさず挨拶してくれたのが、非常に感じのいい小間物屋の女主人だった。その店は、2体の天使を看板にしていたのだが、5か月か6か月のあいだ、私が通りすぎるたびに、女主人は深くお辞儀をして、私の姿が見えなくなるまで見送ってくれていた。それに気づいた私も、彼女の顔をじっと見て、ていねいにお辞儀を返していた。晩冬のあるとき、私は馬でフォンテーヌブローからパリに向かっていた。そして、小さな橋にさしかかり、店の前を通りすぎようとしたとき、女主人が店から出てきて、声をかけてきた。「お殿様、どんな御用でも、ご遠慮なく！」。私は挨拶を返した。そして、ときどきふり返って見ると、女主人も身を乗りだすようにして、私のことをずっと見送っていた。私は、従者と御者を連れていた。両人ともその日の夜には、御婦人がたへの手紙をもたせてフォンテーヌブローへ返すつもりだった。私は従者に命じた。従者は馬から下り、その若い女主人のところへ行き、私の代理でこう言った。「殿様はお気づきでした。殿様にお目通りして挨拶したいのですね。懇意になりたいのでしたら、場所をご指定ください。そちらまで殿様が出かけますから」女が従者に答えた。「そんなお言葉をいただけるとは、思ってもいませんでした。あたしのほうこそ、ご指定の場所へ参ります」

馬を進めながら、私は従者にたずねた。「あの女と会うのによさそうな場所、どこか心当たりはないか？」。従者が答えた。「曖昧宿へその方を案内しましょう」。ところでこの従者、コルトレイク出身のヴィルヘルムは、非常に気のつく良心的な人間だったので、すぐにこうつけ加えた。「ペストがあちこちで流行っております。汚らしい下賤の平民ばかりでなく、博士が1人、教会参事が1人、すでに亡くなっています。ですから、マットレスや布団やシーツは、お屋敷から運ばせるのがよろしかろうと」。私が提案に同意すると、満足のいくベッドを用意しますと従者が約束した。馬から下りる前に、私はつけ加えた。「清潔な洗面器も運んでおいてくれ。香水の小瓶に、菓子とリンゴもな。それから部屋も、しっかり暖めておくように」。なにしろ、寒さがきびしく、鐙《あぶみ》にかけた私の足が凍りついていたのだ。空は一面、雪雲におおわれていた。

日が暮れてからその曖昧宿に出かけると、20歳前後の非常に美しい女がベッドにすわっていた。頭と丸い背中を黒いショールですっぽりくるんだ曖昧宿の女将が、しきりに女に言い聞かせていた。ドアは半開き。暖炉では、くべたばかりの大きな薪が音を立てて燃えていた。私の来た気配は、誰にも気づかれなかった。ほんのしばらくのあいだ私は、ドアのところで立ち止まっていた。若い女は、大きな目でじっと炎を見つめていたのだが、ちょっと頭を動かしただけで、不愉快な老婆から何マイルも離れた世界の人間になっていた。女が頭を動かしたとき、小さなナイトキャップから、豊かな黒髪がちょっとこぼれて、2、3房が自然にカールし、肩と胸のあいだに落ち、シュミーズのうえに垂れかかった。ほかに身につけていたものといえば、緑の毛織物の短いペチコートと、スリッパくらい。その瞬間、私は物音を立ててしまい、気づかれてしまった。女がふり返って、顔を私のほうに向けた。異常に緊張した表情なのに、粗野な感じがない。これから身をまかせるのだという熱い思いが、大きく見開いた目からあふれ、またその思いが無言の口から、目に見えない炎のように燃え上がっていたからだ。こんなにすばらしい女だとは思ってもいなかった。信じられないくらいすばやく老婆が部屋から姿を消し、私は女のそばにいた。驚くほどすばらしい女を手に入れたのだと思うと、すっかり有頂天になって、挨拶もそこそこに無遠慮なふるまいに及ぼうとしたとき、女がすっと身を離した。その視線にも、低くくぐもったその声にも、言いようのない生々しい迫力があった。だが次の瞬間、私は抱きしめられているのを感じた。女が唇を押しつけ、腕をからませてきたのだが、それ以上に心のこもった視線を私に張りつけてきた。汲みつくせないほど深い目から湧き上がりつづける視線だった。女は、なにか言いたそうだった。だが、キスでふるえる唇は、言葉をかたちづくらず、ひくひく揺れる喉からは、むせび泣きがとぎれとぎれに漏れるだけで、はっきりした音が出てこない。

　ところでその日の大部分、私は、凍りつくような街道で馬を走らせていた。それから王の控えの間では、腹を立てて激しく口論し、その後、気を紛らわせるために酒を飲み、おまけに巨大な両手剣《ツヴァイヘンダー》でフェンシングまでやっていた。そのせいで、この魅力的で秘めやかな恋の冒険《アバンチュール》の最中、やわらかい腕で首を巻かれ、乱れ髪の香りにつつまれて横になっていると、突然、激しい疲労感に襲われて、気を失いかけ、いったい自分がどのような経緯でこの部屋にやってきたのか、思い出せなくなっていた。それどころか一瞬、私の心臓のまぢかで鼓動している心臓の持ち主を、昔の別の女だと勘違いし、そのまま熟睡してしまったのだ。

目を覚ますと、まだ夜で真っ暗だったが、女が横にいないことにすぐ気がついた。頭を上げると、消えかかっている暖炉の残り火にかすかに照らされて、窓のそばに立っている女が見えた。鎧扉の1枚を開け、そのすき間から外を見ている。女がふり返って、目を覚ました私に気がつくと、声をかけてきた（そのとき女は、左手の親指の腹でほっぺたをなで、前に垂れていた髪の毛を肩の後ろに戻した。今でもその様子がありありと目に浮かぶ）。「まだ、ぜんぜん、夜が明けないわ。まだ、ぜんぜん！」。そのとき私はますます、女の背の高さと美しさに見とれた。私のそばに戻ってくるとき、女は、暖炉の残り火に下のほうからほのかに赤く照らされた美しい足を、大きな歩幅で静かに動かした。そのほんの数歩の瞬間が、私にはじれったかった。だがその前に女は、暖炉のところへ行って、からだをかがめ、外に置いてあった最後の太い薪を、肌が白く輝く腕に抱え、急いで残り火のなかへ投げ込んだ。それからこちらを向くと、顔が炎と喜びできらきら輝いていた。こちらに来るときにリンゴを1個、テーブルからつかんだと思うと、もう私のそばにいた。彼女の手足はまだ暖炉の火のほてりに包まれていたが、すぐにそれは消えた。そのかわり彼女はからだの内側から、それよりも強い炎に揺さぶられていた。私を右手でつかむと同時に、冷たいリンゴを左手でつかんでかじり、ほっぺたと唇と目を私の口に押しつけた。暖炉の最後の薪は、それまでの薪より激しく燃えた。火花を散らしながら炎を吸い込んだかと思うと、また勢いよく炎を噴き上げた。火影が私たちの頭上を波のように越えた。波は壁にあたって砕け、からみあっている私たちの影を、急に浮かび上がらせたと思うと、すぐに沈めた。太い薪は何度もパチパチと音を立て、その内部から何度も新しい炎を生み出していた。炎はメラメラと燃え上がり、赤みがかった光の鋳物や束で、重苦しい闇を追い払っていた。突然、炎が小さくなって消えた。冷たいすきま風が人の手のように鎧扉をそっと開けて、青ざめて不快な薄明をむき出しにした。

私たちはからだを起こし、夜が明けたことに気づいた。けれども部屋の外は、夜が明けたようには思えなかった。世界が目覚めたようには思えなかった。外に見えていたのは、通りには見えなかった。なにひとつ見分けることができなかった。そこは、色もなければ実体もない混沌《カオス》で、時間に縁のない仮面たちがうごめいているのだろう。ずっと遠くの、どこかから、記憶のなかから響いてくるかのように、塔の時計が時を打った。一日のどの時間にも属さない、湿った冷たい風が、どんどん強くなって吹き込んできた。寒くてゾクッとしたので、からだを寄せ合った。女はからだを反らせ、目に力をいっぱい込めて私の顔をじっと見つめた。喉がピクピク動き、なにかが女の中からこみ上げてきて、唇の縁まであふれてきた。言葉にも、ため息にも、キスにもならなかった。そのどれにもならなかったが、言葉にも、ため息にも、キスにも似ていた。外は刻々と明るくなり、ピクピクふるえている女の顔の複雑な表情が、ますます雄弁になった。突然、外で足を引きずるような音と話し声が、窓のすぐそばを通り過ぎたので、女はからだをすくめて、壁のほうに顔を向けた。通り過ぎたのは、男ふたり。一瞬、ひとりが持っていた小さなランタンの明かりが、部屋に差し込んだ。もうひとりは手押し車を押していた。車輪がうめき、きしんでいる。ふたりの男が通り過ぎてから、私は起き上がって、鎧扉を閉めて、灯りをつけた。半分になったリンゴが見えた。ふたりでそれを食べてから、女に聞いた。「もう一度、会えないだろうか。私が旅に出るのは、日曜なんだ」。つまりそれは、木曜から金曜の夜にかけてのことだった。

女が答えた。「あたしのほうこそ、そうしたいわ。でも、日曜いっぱい空いてないなら、あたしには無理。日曜から月曜の夜しか、会えません」

最初は、あれこれ支障が頭をよぎったので、都合の悪い事情をちょっと説明した。女は、なにも言わずに耳を傾けていたが、視線は問いただすようで異常に切なく、それと同時に、顔を不気味なほど暗くこわばらせていた。もちろんすぐに私は、日曜日は旅には出ない、と約束して、こうつけ加えた。「では、日曜の晩、ここに来ることにする」。その言葉を聞いて、女はじっと私の顔をにらみつけ、かすれた声をとぎらせながら言った。「自分でもよくわかっています。こんな恥ずかしい家に来たのは、あなたのため。でもそれは自分の意思でやったこと。あなたといっしょにいたかったから。どんな条件でも呑むつもりだったから。でも今はね、またここに来るような真似をすると、自分がもっとも卑しい最低の売春婦のように思えてしまう。ここに来たのは、あなたのため。ほかならぬあなたが指定した場所だから。あなたがあのバソンピエールだから。あなたがこの部屋にいるだけで、ここを恥ずかしくない家にできる人だから！」。女が「家」と言ったとき、一瞬、もっとけがらわしい言葉を口にしているかのように聞こえた。「家」と言いながら、女は、この四方の壁に、このベッドに、床にずり落ちた布団に、視線を投げかけた。女の目から鋭く発射された光の束に照らされて、部屋にあった醜くて下品なものが、いっせいにピクピクふるえ、縮こまって女の前から退散していくように見えた。みじめな部屋が一瞬、本当に広くなったかのようだった。

それから女は、言いようのないほど優しく厳かな口調でつけ加えた。「みじめな死を迎えることになっても構いません。もしもあたしが、夫とあなた以外の誰かのものだったなら、そして、夫とあなた以外の誰かを慕うようなことがあるのなら！」。わずかに開いた唇をちょっと前に突き出して、息を吐きながら、私の答えを待っているようだった。その言葉を信じるという誓いのようなものを。しかし私の顔からは、期待したことを読み取ることができないようだった。期待して緊張していた視線が曇り、まつ毛がまたたき、突然、窓のそばへ行って背中を向け、額を思いきり鎧扉に押しつけ、声を出さずに全身をふるわせて、恐ろしいほど激しく泣いたので、私の口から出かかっていた言葉も消え、私は手をさしのべることさえできなかった。ようやく、だらりと垂れている女の手の片方をにぎりしめ、その場で浮かんだあらんかぎりの情熱的な言葉を並べて、なんとかなだめた。女は、涙でぐっしょり濡れた顔をこちらに向け、突然、ほほ笑んだ。ほほ笑みが、目から、そして同時に唇のまわりから射す光のように、一瞬にして、泣いていた痕跡をきれいに拭い去り、顔一面を輝かせた。そして私としゃべりはじめたのだが、それは、最高に魅力的なゲームだった。「あたしにもう一度、会いたい？　だったら、叔母の家にいらして！」というせりふで、えんえんとゲームをした。せりふの前半を、甘えて押しつけがましく言ったり、子どもっぽく信じないふりをして言ったりして、10回くり返した。それからせりふの後半を、最大の秘密のように私の耳もとでささやき、それから肩をすくめて口をとがらせ、世間ではわかりきった約束のように肩越しに投げつけ、最後には私の首にぶらさがって、顔をじっと見ながら笑い、媚びながら、くり返した。女は、叔母の家への道順をじつにていねいに教えてくれた。はじめてひとりで町のパン屋へお使いを頼まれた子どもに教えるように。それから背中をすっと伸ばして、真顔になった。——そして目をキラキラ輝かせて全力で私を見た。目力が強く、死者をさえ呼び覚ませそうだった。——そしてつづけた。「あたしは10時から真夜中まで待っています。いえ、もっと遅くまで。ずうっと。玄関のドアは開いています。入ると、小さな廊下があるけれど、そこでは立ち止まらないで。叔母の部屋のドアなの。まっすぐ歩くと階段につきあたるわ。階段を上がると2階で、そこにいるのがあたし！」。そして女は、めまいでもしたかのように目を閉じながら、頭を反らし、腕を広げて、私を抱きしめてから、すぐに私の腕をすり抜けて、服を着て、よそよそしい真顔になって、部屋から出ていった。夜がすっかり明けていたのだ。

私は旅の支度をし、従者の一部を荷物といっしょに先発させたが、翌日の夕方になるともう我慢できなくなり、晩鐘が鳴るとすぐに従者のヴィルヘルムを連れ、ただし灯りは持たないように言って、あの小さな橋を渡った。あの女に、すくなくとも店か、店の隣の住まいで会いたいと思ったからだ。もちろん、女とちょっとでも口をきくことができれば、御の字だったわけだが。会えなくても、せめて私が来たことを知らせておきたいと思った。

人目につかないように私は、橋のたもとに立ち、従者に様子を探りに行かせた。しばらく探っていたが、戻ってきた従者の顔は、落ち込んで悩ましそうだった。この実直な人間が、私に言われたことをきちんと果たせなかったときに、いつも見せる表情だ。「店が閉まっております」と言った。「それに人の気配もありません。表通りに面しているどの部屋にも、人影はなく、人の声も聞こえません。中庭に入るには、高い塀を越えるしかありませんが、中庭では大きな犬がうなってまして。ただですね、表通りに面している部屋のうち、ひと部屋だけ明かりがついているのですが、鎧扉のすき間からのぞいてみると、残念ながら誰もいません」

がっかりしてすぐ引き返そうと思ったが、やはりもう一度ゆっくり家の前を通ってみた。従者も熱心にもう一度、光がちらちら漏れている鎧扉のすき間に目をあてて、私にささやいた。「あの女の人じゃありませんが、そのご主人ならこの部屋にいますよ」。小間物屋の主人のことは、一度として店で見かけた記憶もないが、ともかく不恰好なデブでなければ、干からびてヨボヨボの老人だろうと想像していた。しかし窓のそばに寄ってみて、ものすごく驚いた。壁を板張りにし、上等な家具什器をそろえた部屋のなかで、とても背が高く、非常にがっしりした男が歩き回っているのが見えたのだ。私より確実に頭ひとつ背が高い。向きを変えて、こちらに非常に美しい生真面目な顔を見せた。褐色のヒゲにはちらほら銀色の筋がまじっている。異様に思えるほど額が高いので、こめかみは、これまで私が見た誰よりも広い。部屋でひとりきりなのに、視線を動かし、唇を動かしている。行ったり来たりしているあいだに、とき

ど き立ち止まるので、姿が見えない誰かと話しているみたいだ。一度、腕を上げたが、それは、思いやりのある優越感をもって、相手の反論を退けているように見えた。どの仕草もじつにさりげなく、相手を軽蔑しているかのような自負心が感じられる。そうやってひとりで部屋のなかをうろうろしている姿を見ていると、非常に高貴な囚人のことをありありと思い出さずにはいられなかった。その囚人がブロワ城の塔の一室に監禁されていたとき、王に命じられて私が監視をしていたのだ。さらにそっくりだと思えたのは、男が右手を持ち上げて、立てて曲げた指を注意深く、いや、陰気な厳密さで見下ろしていたときだ。

というのも、ほとんど同じ仕草であの高貴な囚人が指輪を何度も観察しているところを、私は見ていたからだ。部屋の男は、それからテーブルのそばに行き、水の入ったガラス玉をロウソクの前に押しやり、両手を光の輪のなかにかざした。指を広げている。爪を観察しているらしい。それからロウソクを消して、部屋を出ていき、腹立たしい漠然とした嫉妬を私に残していった。なにしろその男の女房への熱い思いが、ますます募ったのだから。熱い思いは、私が目にしたあらゆるものを食い尽くして、燃えひろがる火の手のように大きくなり、思いがけない亭主の登場によって、混乱して高められたのである。亭主の登場は、冷たく湿った風のせいで吹き飛ばされてきた雪片に似ていた。そのひとひらひとひらが、私のまゆ毛やほっぺたにくっついては溶けていった。

次の日は、まったく無駄な一日だった。どんなことに対しても適切な注意が払えず、まったく気に入らない馬を買い、食後はヌムール公を表敬訪問し、そこでゲームをしたり、愚にもつかない不愉快な会話をして、しばらく時間を過ごした。なにしろ話題といえば、ただひとつ、この町でどんどん勢いを増しているペストのことに限られていた。しかも貴族たちの口から漏れてくるのも、似たり寄ったりの話ばかりだった。「死体は早く埋めなければなりませんな」とか、「死者が出た部屋ではワラを燃やして、毒気を消してしまわねば」とか。なかでも一番馬鹿ばかしいと思えたのは、聖堂参事シャンデューだった。いつも太っていて健康そのものなのに、ひっきりなしに自分の指をちらちら見ては、爪が青くなっていないか、心配していた。青くなれば、発症のしるしだと言われていたのだ。

なにもかもが不愉快で、早々と引きあげて家に帰り、ベッドに横になったが、眠れなかった。我慢できずにまた服を着て、どんなことをしても彼女に会いに行こうと思った。従者たちを連れて、無理やり押し入ることになっても仕方ないと考えた。従者たちを起こそうと、窓のところまで行ったが、氷のような夜気のおかげで私は正気に戻って、気がついた。そんなことをすれば、絶対なにもかもが駄目になる。服を着たままベッドに倒れこみ、ようやく眠り込んだ。

日曜も晩までは同じように過ごした。教えてもらった家のある通りには、あまりにも早く着きすぎたので、10時になるまで、仕方なく裏通りをぶらぶらした。10時になってすぐに家は見つかった。教えてもらった玄関のドアも、彼女が言ったように開いていた。廊下を通り、階段を上った。だが2階にもドアがあって、そのドアには鍵がかかっていた。ドアの下からかすかな光が帯になって漏れていた。そうか、彼女は、中で待っているのだ。外にいる私と同じように、中でドアにもたれて、聞き耳を立てているかもしれない。私は爪でドアを引っ掻いた。すると中で足音が聞こえた。ためらいながら素足でたどたどしく歩いているようだ。私はしばらく息をひそめて立っていたが、ちょっとノックをしてみた。ところが聞こえてきたのは、男の声だ。「どなたですか」とたずねている。私はドアの側柱の陰にからだを押しつけ、息を殺した。ドアは閉まったままだった。絶対に物音を立てないように、階段を一段また一段、足音を忍ばせて下りていった。そっと廊下を歩いて外へ出た。こめかみがズキズキして歯をくいしばり、イライラしてから、だをほてらせながら、通りをいくつかうろついた。しかし最後にはやはりあの家の前に吸い寄せられていた。私は感じていた。わかっていた。亭主は彼女に追い出されるだろう。きっとうまくいくにちがいない。すぐ彼女のところに行けるのだ。裏通りは狭かった。道の反対側は家ではなく、修道院の庭の塀だ。塀にからだをもたせかけ、向かい側にあの部屋の窓を見つけようとした。2階で開いたままになっている窓が、ぱっと明るくなったかと思うと、また暗くなった。なにかの炎のようだ。私にはすべてがありありと見える気がした。あのときのように彼女は太い薪を暖炉に投げ込んだのだ。あのときのように彼女は部屋の真ん中に立っている。手足を炎できらきら輝かせて。でなければ、ベッドに腰かけて、耳を澄まして待っている。ドアのところまで行けば、彼女が見えるだろう。彼女のうなじの影が、肩の影が見えるだろう。壁に映ったその影を透明な波が揺らしている。と思ったとき、すでに私は廊下にいた。すでに階段を上っていた。今はもう2階のドアに鍵がかかっていない。ぴったり閉まっていないドアのすき間から、揺れている明かりが漏れていた。私はすでにドアの取っ手に手を伸ばしていた。部屋のなかでは何人かの足音と声が聞こえたと思った。だが私は、それを信じたくなかった。血がこめかみと首で脈打っているせいだと思った。室内で火が燃えているからだと思った。実際そのときは、なにかが音を立てて燃えていた。私はもう取っ手をつかんでいた。部屋のなかに人が、何人も人がいることを、認めるしかなかった。しかしそんなことは、もうどうでもよかった。私は感じていた。わかっていた。彼女は中にいるのだ。思い切ってドアを開けさえすれば、会えるのだ。抱きしめることができるのだ。ほかの男に抱かれていても、腕を伸ばして抱き寄せることができるのだ。重い剣《エペ》をふり回して、彼女と私のスペースを確保し、短剣をふり回して、叫びひしめく連中から逃げ出さなければならないとしても！　絶対に我慢できないと思ったのは、ただひとつ、これ以上待つことだった。

勢いよくドアを開けて、私は見た。がらんとした部屋の真ん中に男が2、3人。ベッドのワラを焼いている。部屋全体を照らしている炎で見えた。どの壁も壁土が掻き落とされ、落ちた壁土が床に積もっている。壁際にテーブルが置かれ、その上に裸の死体がふたつ寝かされていた。ひとつは非常に背が高く、顔に布がかけられている。もうひとつはそれより小さく、壁にぴったり寄せて寝かされている。すぐ横に映るその黒い影が、伸びあがったり沈んだりしていた。

よろめきながら階段を下りた。家の前で2人の墓掘り人に出くわした。一方が小さなランタンを私の顔に差し出して、「なんの御用で?」とたずねた。もう一方は、ギイギイきしんであえぐ手押し車を押して玄関ドアに向かっていた。その2人を寄せつけないように、私は短剣を抜いた。家に帰ってすぐ、強いワインを大きなグラスで3杯か4杯、飲んだ。ゆっくり休んでから、翌日、ロレーヌへ旅立った。

旅から帰って、あの女のことについて知りたいと思い、あらゆる努力をしたが、手がかりはなかった。2体の天使の店まで出かけた。だが今の店の人間は、自分たちの前に誰が店をやっていたのか、知らなかった。

フランソワ・ド・バソンピエール元帥『回想録』(1663［1665］ケルン) およびゲーテ『ドイツ亡命者の談話』［1795］にもとづいて

アンドレアス

Andreas〈1907～1927〈1932〉〉

すばらしい女友達

われらの中心に住むは魔法使いの男女
だが誰ひとりその男女のことを知らない
アリオスト

「よし」と、若い紳士アンドレアス・フォン・フェルシェンゲルダーが思ったのは、1778年9月7日、ゴンドラの漕ぎ手《ゴンドリエーレ》がアンドレアスのトランクを石の階段に上げて、ふたたびゴンドラを岸から離したときだ。「いいだろう。いきなり、置き去りにしてくれたな。馬車がヴェネツィアにないことぐらい、よくわかってるぞ。ポーター？ こんなところにいるわけがない。ひと気がない場所だから、キツネ同士で〈こんばんは〉と挨拶でもするのかな。これじゃまるで、ウィーンを知らないおノボリさんを駅馬車から、朝の6時に、ロサウアーレンデとかウンター・デン・ヴァイスゲルベルンで下ろすようなものじゃないか。ぼくはイタリア語ができる。できるけれど、好きなようにあしらわれるんだろうな！ 見ず知らずの赤の他人に、どうやって話しかけろというのだ。しかも、家でぐっすり眠っているところを。——ドアをノックして、〈失礼、通りがかりの者ですが〉とでも言うのだろうか？」。自分がそんなことをしないことは、わかっていた。——そんなことを思っていたとき、足音がこちらに近づいてきた。静かな朝、石畳をはっきり鋭く鳴らしている。こちらに近づくまで、しばらく時間があった。小さな路地から仮面をつけた男が出てきた。しっかりマントにくるまり、両手でマントをかき合わせ、広場を横切ろうとしている。アンドレアスは一歩前に出て、挨拶した。仮面の男は、帽子を取ると同時に、帽子の内側で留めていた半仮面《バタフライマスク》を外した。信頼できそうな男だ。立ち居振る舞いからして、最上位の身分に属する人物だ。アンドレアスは急いで用件を済ませようと思った。帰宅途中の紳士をこんな時間に長く引き止めるなんて、無作法なことに思えたのだ。早口でこう言った。「私は、この土地の者ではありません。たった今、本土からこちらに着いたばかりです。ウィーンを発ち、フィラッハ、ゴルツィアを通って」。そう言ってからすぐ、余計なことを口にしてしまった、と思った。どぎまぎして、イタリア語がもつれた。

見知らぬ男は、非常に愛想のいい身ぶりをしながら近づいてきて、「御用のせつは何なりと」と言った。その身ぶりのせいでマントの前がはだけ、アンドレアスが見ると、典雅な紳士はマントの下にシャツしか着ていなかった。シャツの下は、留め金のついていない靴と、半分ずり落ちた膝靴下しかはいていないので、ふくらはぎが半分むき出しになっている。早口でアンドレアスは言った。「朝の空気は冷えます。こんなところに立ち止まらず、どうかご帰宅ください。私は誰かに教えてもらって、宿か、貸し部屋を見つけますから」。仮面の男はマントを腰のまわりにギュッとかき寄せ、口調を強めた。「いや、こちらは急いでなんかおりませんよ」。変な化粧着姿を見られちゃったことは、相手もわかってるんだ。そう考えると、いたたまれない気持ちになった。朝の空気は冷えます、などと馬鹿なことを言ってしまったため、困りはてたアンドレアスは、からだがすっかりほてってしまい、自分も旅行マントの前をはだけることになった。そのあいだにそのヴェネツィア人は、きわめて丁重にこう切り出した。「マリア・テレジア皇后・女王陛下の臣下の方から御用を仰せつかるのは、格別の喜びでございます。それにですね、あたしはすでに幾人かのオーストリアの方と懇意だったことがありますので、なおさらでございます。たとえば、ハンガリー歩兵連隊長のライシャッハ男爵とか、エスターハージー伯爵とかですが」。こういう有名な名前をこのヴェネツィアで、見知らぬ男がこんなにも親しげに口にするのを聞いて、アンドレアスはすっかり信用した。もちろん彼自身、そんなに高位の貴族のことは、名前を聞いたことがあるか、せいぜい姿を拝んだことがあるといった程度でしかなかった。彼は小貴族、または零細貴族だったのだ。

「お名前は存じ上げませんが、騎士がお探しの物件なら、ございますよ。それもすぐ近くに」。仮面の男にそう言われて、アンドレアスには断る口実がどこにも見つからなかった。すでに歩き出していたのだが、たまたま「ここは、町のどのあたりでしょうか」とたずねると、「サン・サムエレです」と返ってきた。「これからお連れするのは、名門の伯爵のお宅でして。たまたま一番上のお嬢さんが、しばらく家を空けているので、貸し部屋にされておりましてね」。すでにふたりは非常に狭い路地に入り、非常に背の高い建物の前に立っていた。上品な外観だが、相当に傷んでいるようで、どの窓も、ガラスのかわりに板でふさがれている。仮面の男は門をたたき、名前をいくつか呼んだ。するとずっと上の階から老婆が見下ろして、用件をたずねた。非常に早口で言葉が交わされた。「伯爵はもうお出かけで」と、仮面の男がアンドレアスに言った。「いつも早朝に出かけて、食料の調達をなさるんで。でも伯爵夫人がいらっしゃるので、部屋の交渉をして、置いてきた荷物もすぐ誰かに取りにやらせましょう」

門の閂《かんぬき》が外され、ふたりは狭い中庭に入った。洗濯物がいっぱい干されている。

急な石の外階段を上った。階段の石は踏みへらされていて、ボウルのように窪んでいる。アンドレアスはこの家が気に入らなかった。それに、主人の伯爵が早朝から食料の調達に出かけていることも、意外だった。けれども案内してくれている男は、貴族のライシャッハやエスターハージーの友人なのだ。そう思うと、すべてが明るく輝き、悲しい気持ちになることはなかった。

階段の上のほうにかなり大きな部屋があった。部屋の隅に炉があり、別の隅はアルコーブになっていた。窓は1つしかなく、まだ大人になりきっていない若い娘が低い椅子にすわっていた。そして、もう若くはないけれど十分に魅力的な女が、娘の美しい髪を苦心しながら結《ゆ》って、技巧をこらしたお団子《シニヨン》にしていた。アンドレアスと半仮面《バタフライマスク》の案内人が部屋に入って、帽子を取ると、娘は悲鳴をあげて、クモの子を散らすように隣の部屋に逃げていった。黒い眉を魅力的に引いた痩せた顔が、アンドレアスの目に残った。そのあいだに半仮面《バタフライマスク》の男は、伯爵夫人に向かって、「いとこ」と呼びかけ、自分がこうやって面倒を見てやっている若い友人を紹介した。

短いやりとりをして、夫人が部屋代を口にすると、アンドレアスはすぐに了承した。部屋が路地に面しているのか、中庭に面しているのか、とりあえず聞きたかったのだが。中庭に面した部屋でヴェネツィアの日々を過ごすのは、みじめに思えたからだ。それから、ここが市内なのか、郊外なのか、ということも聞きたかった。だが聞く機会がまったくなかった。いとこ同士の会話がずっとつづいていたからだ。それに、雲隠れした小娘が、ドアをがたがた揺らして、ドアの向こうから勢いよく叫んでいた。「だったらさ、今すぐゾルジをベッドから追い出さなきゃ。上の部屋で寝てるんでしょ。胃痙攣で」。そこでふたりの客は、「さあ、どうぞ上のお部屋へ」と言われた。「あのロクデナシを部屋から追い出すのは、坊やたちの仕事。すぐに出ていってもらいます。で、お客さんの荷物を上の部屋に運んでもらいましょう」。さらに夫人は申し訳なさそうに言った。「ごめんなさい。あたくしは皆さんを上のお部屋にご案内できませんの。手がふさがっておりまして。ズスティーナに支度をさせて、ロトのことで一緒にご挨拶に回らなきゃならないので。今日は午前も午後も、パトロンの方へのご挨拶がありましてね。名簿順に、ひとり残らず」

アンドレアスはまた知りたくなった。そのパトロンとか、ロトって、どういう話なんだろう。けれども自分の師匠が、さりげなくしきりにうなずいて、その件は承知しているという顔をしているようなので、質問する機会がなかった。まだ成人とは呼べない少年2人に連れられて、急な木の階段を上り、ニーナ嬢の部屋に向かった。2人は双子にちがいない。

ドアの前で2人の少年が立ち止まった。力のないうめき声が部屋から聞こえてくると、2人は、リスのような目を忙しくクルクルさせながら顔を見合わせ、非常に満足そうだった。ベッドには青白い顔をした若い男が寝ていた。ベッドのカーテンははねのけられていた。椅子の上と、壁ぎわの机の上は、汚らしい絵筆と絵具の壺が占領していた。パレットが壁にかけてある。向かい側の壁には、明るくて非常に感じのいい鏡がかかっている。それ以外なにもなかったが、部屋は、すっきりしていて友好的だった。「具合、よくなった?」と、少年たちが言った。——「よくなったさ」と、寝ている男がうめいた。——「じゃ、石、外してもいい?」——「ああ、いいよ」——「胃が痙攣したときにはね、胃に石をのせてあげるんだ。そうすると治るんです」と、一方の少年が教えてくれているあいだに、ベッドのそばにいたもう一方の少年が、病人から石を転がして外した。石は、2人の少年が力を合わせても、持ち上げられないほどの大きさだった。

病気の人間を、自分のためにこんなふうにベッドから追い払うのかと思うと、アンドレアスは心が痛んだ。窓のところへ行って、半開きの鎧扉を全開にした。下に見えたのは、水だった。陽を浴びたさざ波が、ちょうど向かい側にある、かなり大きな建物の、広い階段に打ち寄せている。塀には、小さな光の渦巻きが網目をつくって踊っている。身を乗り出してながめてみると、家が、もう1棟、さらにもう1棟あった。それからこの小さな水路は、大きくて広い水路につながっている。そちらの水路は陽をさんさんと浴びていた。角の家ではバルコニーが張り出している。バルコニーには1本のキョウチクトウの木が立っていて、枝が風に揺れている。向かい側の家では、クロスやラグが風通しのいい窓からかけられている。向こうの大きな水路には大邸宅が建っていて、美しい石像が壁龕《ニッチ》に並んでいる。

　部屋に戻ると、仮面舞踏会のマント《ドミノ》を着た男は姿を消していた。若い男が立ったまま、部屋に1つしかない机と椅子から、絵具の壺と汚らしい絵筆の束をせっせと片づけている2人の少年を監督していた。若い男は青ざめていて、身だしなみもちょっとだらしないが、スタイルがよかった。顔も問題はなかったが、ただひとつ、下唇がゆがんで片方に引き下げられているので、陰険な表情になっていた。——「気がつきましたか?」と、アンドレアスに向かって言った。「あいつ、仮面舞踏会のマント《ドミノ》の下にシャツしか、着てなかったでしょう。靴も留め金が切り取られて。月に一度はあんな調子なんです。どういうことなのか、おわかりですよね？　賭け事に目がない、どうしようもない奴。それ以外に呼びようがあります？　昨日の奴の格好をご覧になるべきでした。刺繍をほどこした上着、ベストに花を挿し、鎖飾りのついた時計が2つ、タバコ入れ、どの指にも指輪、靴の留め金はきれいな銀。ま、ならず者なんですよ！」。そう言って笑ったが、その笑いには品がなかった。――「住み心地いいですよ、この部屋。ほかに必要なものがあれば、いつでも言ってください。すぐこの近くにカフェがあるんです。ぼくの紹介なら、きちんとしたサービスが受けられます。手紙を書くこともできる。知り合いと待ち合わせもできる。どんなことでも決めることができる。ただしね、ドアを閉めてこっそり決めるほうがいいことは、別だけどさ」――ここで彼はまた笑った。ふたりの少年も、その軽口をおもしろがった。大きな声で笑いながら、ふたりの少年は力を合わせて、重たい石を引きずって部屋から出した。ふたりとも顔が、下の部屋にいる姉に似ていた。

「もしも、用足しかなにかで、信頼できる人間が必要なときには」と、画家がつづけた。「ぼくに任せていただけるなら、光栄です。ぼくが空いてないときは、フリウリの人間に任せるのが一番。信頼して用を頼めるのは、フリウリ出身の人間だけですよ。どこにいるか？　リアルト橋ででも、大きめの広場ならどこででもいい。農民みたいな格好が目印です。安心して任せられるし、口は堅いし、名前はすぐ覚えるし、仮面をつけていても、歩き方や、靴の留め金で、誰なのか見分けてしまう。あそこでね、なにか必要なものがあれば、ぼくに言ってください。ぼくはあそこの絵描きで、どの部屋にも自由に出入りできるんです」

アンドレアスは気がついた。画家が言っているのは、向かい側の灰色の建物のことなのだ。普通の市民が住むには大きすぎるし、邸宅にしては貧相すぎると思っていた。灰色の建物の門前では広い石の階段が水路に通じている。「あそこというのは、サン・サムエレ劇場のことですよ。この向かいの建物。とっくの昔にお気づきかと思ってましたが。ぼくたちはみんな、あそこで仕事してるんです。さっき言ったように、ぼくは書き割りの画家で、花火も担当している。こちらのおかみさんは桟敷席の案内係で、じいさんはロウソク係」――「えっ、誰のこと？」――「プランペロ伯爵ですよ。あなたの大家さん。ほかに誰がいます？　最初はね、娘のほうが俳優になった。で、みんなを巻き込んだ。――あっ、あなたがさっき会った娘じゃなくて――その姉のニーナのことです。その子は見込みがある。今晩、その子のところに案内しますよ。妹のほうは、今度のカーニバルで舞台に立つんです。弟たちがあせってるな。——これから、あなたの荷物、見に行きますね」

アンドレアスはひとりになった。窓の鎧扉を開いて、留め金で固定した。片方の留め金が壊れていた。すぐに直してもらおうと思った。それから、あたりに残っている絵具の壺や缶をドアの前に片づけて、ベッドの下にあったキャンバスの切れ端で、机から絵具のしみをこすり取り、机の面がツルツルに輝くまで磨いた。それから絵具のついたその切れ端を持って部屋を出て、隅にでも隠そうと思った。ちょうど片隅にシバボウキを見つけたので、それで部屋を掃除した。掃除が終わると、感じのいい小さな鏡をまっすぐにかけ直し、ベッドのカーテンをまくり上げ、ベッドの足もとの側にある、部屋に1つしかない椅子にすわって、顔を窓に向けた。優しいそよ風が入ってきて、海藻とさわやかな海のかすかな匂いが、若者の顔をなでた。

両親のことを思った。カフェで両親に手紙を書かなければ、と思った。たとえば、こんな具合に。「お父様、お母様、——ご報告します。無事にヴェネツィアに到着しました。貴族の家にたまたま空き部屋があり、気持ちのいい、非常に清潔で風通しのいい部屋に住むことになりました。部屋は路地に面しています。といっても窓の下に見えるのは、地面ではなく、水ですが。ゴンドラに乗って移動します。貧しい人は、ドナウ川を走っている平底の荷船《ツィレ》に似た大きな2本マストの漁船《トラバッコロ》に乗っています。それで荷物も運びます。だから非常に静かに暮らせそうです。鞭の音も叫び声も聞こえません」。もっと書こうと思った。「ここには利口な従者もいます。仮面をつけていても歩き方や靴の留め金で、誰なのか見分けることができるのです」。そんなことを知ったら、父は喜ぶだろう。見知らぬ土地の珍しい風俗や慣習を集めることに目がない人だ。だが、すぐ近くに劇場があるということを報告するべきかどうか。それは疑問だ。劇場は、ウィーンではいつも彼の憧れだった。何年も前、彼が10歳か12歳のとき、友達が2人いた。ヴィーデンのブラウ・フライハウスの第4区画《ホーフ》の同じ階に住んでいた。その第4区画《ホーフ》の倉庫に「常設劇場」が設けられていた。夕方になるとその友達のところに出かけていって、不思議な体験をしたことを思い出した。書き割りが運び出されるのを見ていたのだ。魔法の園を描いたキャンバス、村の居酒屋になる大道具、ロウソク係、大勢の客のざわめき、ヌガーの売り子。それらを思い出すとき、今でも一番強く心を打つのは、音合わせですべての楽器が入り乱れて鳴らされるときのことだ。舞台の床が凸凹だった。床まで幕が届かない所がいくつかあった。騎士の長靴が行ったり来たりした。コントラバスのネックと楽士の頭のあいだから、スパンコールを縫いつけた空色の靴が見えたことがあった。その空色の靴が、ほかのどんなものよりすばらしかった。――しばらくすると、その靴をはいた人物が舞台に立っていた。靴は、彼女に似合っていた。彼女の青と銀色の衣装とひとつになっていた。彼女は王女だった。危険に取り囲まれていた。魔法の森に迎えられた。いろんな枝からいろんな声が聞こえた。サルが転がしてきた果物から、かわいらしい子どもたちが飛び出してきて、光り輝いた。王女が歌った。道化が王女の近くにいたが、何マイルも遠くにいるようだった。なにもかもが美しかった。しかし空色の靴が幕の下からのぞいていたとき、それは諸刃の剣ではなかった。心に突き刺さる諸刃の剣なら、このうえなくかすかな性欲や、言葉にできない憧れから、泣いたり、心配になったり、喜んだりすることまでを味わわせてくれたのだが。

劇場の近くに住んでいることは、触れないでおくことにした。それから、案内してくれた紳士の奇妙な風采のことも。そんなことに触れたら、その紳士が賭けに負けてシャツ一枚になるまでむしり取られた遊び人だ、と書かなければならないだろう。あるいは、そういう事情を不自然なかたちで伏せなければならないだろう。だからもちろん、エスターハージーの話をするわけにもいかない。その話をすれば、母を喜ばせるだろうけれど。部屋代の話には触れておきたかった。月に2ゼッキーノだ。アンドレアスの持ち金からしても高くはない。――しかし、そんなことが何になるだろう。なにしろ、たった一度の愚かなふるまいのせいで、この旅のために用意した金額の半分以上を、たった一晩でなくしてしまったのだから。このことは絶対、両親には内緒にしておかなくてはならない。だから、安い部屋に住んでいるなどと自慢するわけにもいかないのだ。自分で自分のことを恥じた。［オーストリアの］ケルンテンでの、あの取り返しのつかない3日間のことは、思い出したくもなかった。しかしそんな気持ちには関係なく、なにもかも思い出してしまうのだった。こと細かに、しかも最初から。そうやって一日に一度、朝か晩に、彼はその思い出に襲われていた。

彼はふたたびフィラッハの宿屋「剣《つるぎ》亭」にいた。きびしい旅の一日が終わり、横になりたいと思っていた。そのときにはもう、階段のところで男が売り込んできた。「従者とか、お抱え猟師とか、やらせていただきますよ」。アンドレアスは答えた。

「いえ、いりません。ひとり旅だから。馬の世話なら、昼間は自分でやりますし、夜は宿屋の下男がやってくれるでしょう」。そう言ったのに相手は引き下がらず、階段を一段一段いっしょに上がりながら、横からずっと前に立ちふさがるような姿勢で、ドアのところまでついてきた。そして横からドアの敷居を踏んづけていたので、アンドレアスはドアを閉めるわけにもいかなかった。「貴族の若い旦那ともあろうお方が、従者も連れずに旅するなんて、無作法ってもんだ。イタリアじゃ、みじめだと思われる。こういうことについちゃ、死ぬほどうるさい国ですからね。それにあたしはね、これまでほとんどずっと、若い旦那のお供をしてあちこち旅をしてきたんです。ついこの前までは、エトムント・アウフ・ペッツェンシュタイン男爵のお供で、その前は、教会参事ロドロン伯爵のお供で。おふたりのこと、フェルシェンゲルダーの旦那ならご存知でしょう。あたしの役目は、旅のお世話。先に行って、あれこれ注文して、すっかり準備を整えたものだから、伯爵様には、〈こんなに安く旅をしたことは一度もなかった〉と驚かれたくらいでさ。しかも宿はどこも最高だった。あたしはね、ベルギー北部のフラマン語を話します。イタリア北部のドロミテ語だって、イタリア語だって、もちろんペラペラ。どんな硬貨も本物かどうか、見分けることができる。宿屋の主人や郵便馬車の御者の悪ふざけだって、お見通し。あたしにかなう者はいないでしょう。〈お宅の旦那には手が出せないな。守りが堅いから〉と言うしかないわけでさ。馬を買うときも、お任せください。どんな博労《ばくろう》が相手でも、だましてみせますぜ。一番ずる賢いハンガリー人の博労《ばくろう》でも、大丈夫。相手の博労《ばくろう》がドイツ人だろうと、スイス人だろうと、お茶の子さいさい。身の回りのお世話となると、お抱えの従僕になり、床屋になり、かつらも作る。御者にもなるし、猟師にもなるし、馬に乗って狩りもする。銃弾を詰める役もできる。シカやクマでも、キツネでもウサギでも、狩りの心得がある。手紙を書く。書類の作成や管理もする。代読と代筆は4か国語で。通訳もお任せを。通訳は、トルコ語じゃ、ドラゴマンって言うんですがね。あたしのような人間が空いてるなんて、奇跡です。それにですよ、フォン・ペッツェンシュタイン男爵があたしを弟君の従者にとお望みだったんですが、あたしとしては、フォン・フェルシェンゲルダー男爵にお仕えするんだ、と固く決めていた。お給金のためじゃない。そんなのはどうでもいい。人生はじめての旅に出た若い紳士のお役に立ち、重宝されて、喜んでいただく。あたしには、それが一番。あたしにとって眼目は、頼られること。それが、あたしのような従者がほしがっているお給金なんです。主人に頼られるためにお仕えするのであって、お金のためじゃない。だから、帝国騎兵隊にいたときは我慢ならなかった。だって、あそこを支配しているのは、棒打ちと密告で、信頼じゃないんですから」――こう言って男は、猫のように、濡れた厚い唇を舌でなめた。

今度はアンドレアスが口を開いた。「お気持ちは、ありがたいのですが、今は従者は必要ないんです。もしかすると、ヴェネツィアに着いてから、臨時で雇うかもしれないけれど」――そう言ってアンドレアスは、ドアを閉めようとした。――だが、最後のせりふが余計だった。ちょっと気取ってみたのがいけなかった。ヴェネツィアで従僕を雇おうなどとは考えてもいなかったのだから。罰が当たったのだ。アンドレアスの自信のなさそうな口調から、この交渉ではどちらが優位なのか、相手は感づいた。そして足をドアに突っ張った。どうしてそうなったのか、そのときのアンドレアスにはもう見当もつかないまま、ふたりのあいだでは決着した話であるかのように、相手は、自分の乗る馬の話をしていた。「今日がね、チャンスなんです。こんなチャンス、二度とありませんぜ。今晩ですね、博労《ばくろう》がここを通るんです。あたしが教会参事にお仕えしてた頃からよく知ってる奴で、ユダヤじゃないんですよ、珍しいことに。そいつが、ハンガリーの小さな馬を1頭、売るつもりでね、あたしにピッタリの馬。あたしにまたがらせてもらえれば、今日から1週間で、前脚を高く上げて歩くスペイン常歩《パソ・エスパニョール》ができるようになりますぜ。その鹿毛《かげ》の値段ですがね、誰にだって90グルデンで売ると思うんですが、あたしには特別に70グルデンで譲ってくれる。どうして？　教会参事に言われて馬を何頭も買ってやったことがあるからなんです。でも、今晩12時までに話をまとめなきゃならない。奴は早起きだから。というわけで、そのお金、どうか旦那の腰のベルトから渡してやってもらいたいんです。それとも、あたしが下へ行って、サドルバッグを、いや鞍ごと持ってきましょうか？　きっとドゥカート金貨がたんまり縫いこんであるでしょうから。だって、旦那のような方は、必要な額しか身につけてませんからね」

男がお金の話をしたとき、アンドレアスはその顔にむかついた。厚かましく、汚らしい青い目の下で、ソバカスだらけの肌の小じわが、さざ波のようにピクピク震えていた。男がアンドレアスにぴったり寄ってきた。めくれ上がって濡れた厚い唇から火酒《シュナップス》のにおいがした。とうとうアンドレアスは男をドア敷居から押し出した。——男は、若い旦那が強いことに気がつき、なにも言わなかった。だがアンドレアスは、またもや余計なことを言ってしまった。厚かましい男を手荒く押し戻したことが、乱暴すぎたように思えたからだ。――こんなに手荒なことは、ロドロン伯爵なら絶対にやらなかっただろう、と思った。――そこで、いわば別れの挨拶のつもりで、こうつけ加えたのだ。「今日はもうくたくたで。明日、午前中なら、また会えるかもしれない。いずれにしても、今のところ、なにも約束していないから」

翌朝、朝一番でさっさと出かけるつもりだった。だがそれが彼を縛ることになった。翌朝、まだ明るくなってもおらず、アンドレアスも目覚めていないときに、すでに男はドアの前に立っていた。そしてこう報告したのだ。「もう旦那様のために、現金で5グルデン、稼ぎました。博労からあの名馬を、ぴったり65グルデンで手に入れたんです。中庭につないでおきました。ヴェネツィアでたたき売るときに、もしも65グルデン以下なら、フェルシェンゲルダーの旦那が損することになるので、不足分が何グルデンであろうと、あたしの給金から引いてもらえればいいわけで」

アンドレアスは、寝ぼけまなこで窓から、痩せているけれど元気な小さな馬が中庭につながれているのを見た。突然、虚栄心が頭をもたげてきた。従者をしたがえて町や宿に乗り込めば、ちょっとは違うんだろうな。馬で損するはずはなかった。これは安全な取引だ。首が短くてソバカスだらけの奴も、よく見ると、抜け目のないしっかり者の印象しかない。ペッツエンシュタイン男爵やロドロン伯爵に抱えられていたのだから、どこの馬の骨だかわからない奴ではないだろう。高貴な人たちに対するかぎりない畏敬の念を、アンドレアスはシュピーゲルガッセの生家で、ウィーンの空気といっしょにたっぷり吸い込んでいた。その上流の世界で起きることは、祈りのときのアーメンのようなものだった。

こうしてアンドレアスは、従者を抱えることになった。従者は、頼まれたわけでもないのにさっさと主人のサドルバッグを自分の鞍に縛りつけてから、主人の後ろで馬を進めていた。最初の日はすべてが順調だった。だがそれにもかかわらず今では、その日のこともアンドレアスのそばを、憂鬱で醜い一日として通り過ぎるのだ。その日をふたたび最初から最後までふり返ることなど、できれば願い下げにしたかった。だが願いは実を結ばなかった。

アンドレアスは、ケルンテンのシュピタールを越えてから、チロルを通って行くつもりだった。しかし従者は、ケルンテンから出ずに、左に折れて進むほうがいい、とまくし立てた。「そのほうが道もずっといいし、宿も比較にならないくらいいい。人間だってチロルの石頭とは出来がちがう。ケルンテンじゃ、宿屋の娘も粉屋の娘も特別ですぜ。おっぱいは、ドイツで一番まんまるで、こりこりしてる。それは誰もが言うことだし、いろいろ歌にもなってますぜ。もしかしてフェルシェンゲルダーの旦那は、ご存知ない？」

アンドレアスは、なにも言わなかった。この男のそばにいると、熱くなったり寒くなったりした。そんなに年上でもないのに。せいぜい5歳くらいの差だ。——自分は女の裸を見たことがない。もちろん触れたこともない。それをこいつが知ったなら、無礼にも鼻で笑って、思いもよらない言葉を投げてくるだろう。そうなるとアンドレアスとしても、こいつを馬から引きずり下ろして、激しくなぐりつけるだろう。そう思うと、目が血走った。

ふたりは、黙ったまま馬を進め、広い谷を通っていった。雨模様の日だった。右手も左手も草の生えた山腹だ。あちこちに農家がある。干し草の納屋がある。目を上げると森だ。森の上にはどんよりと雲がかかっている。昼食後、ゴットヘルフがおしゃべりになった。「若旦那、今のおかみ、見ましたかい？　今はね、もちろん女としちゃ、もうそれほどじゃないけれど、でも、69年というと、今から9年前のことですが、あたしが16のとき、あたしの女だった。毎晩やりました。1か月のあいだ。いやあ、それだけのことはあった。黒い髪をね、ひかがみまで伸ばしてた」。そう言いながら従者が、自分の小さな鹿毛を寄せて、アンドレアスの栗毛にぴったりくっつけて走らせたので、アンドレアスは、「ぶつからないように走れ。栗毛が怪我するじゃないか」と警告することになった。「結局さ、あれもお灸を据えられてね。天罰だったんだ。そのときあたしはね、伯爵家の、絵に描いたような美人の侍女とできてたんだ。それをあの女は察して、嫉妬のあまり、げっそり痩せて、目も窪んじまった。病気の犬みたいにね。なにしろその頃、あたしはお抱え猟師だったんだ。ポルツィア伯爵の。それが、あたしの最初の宮仕え。16歳のあたしを伯爵がお抱え猟師にし、おまけに腹心の部下にしたものだから、ケルンテン中の噂になって、みんなが驚いた。けれども伯爵様は、自分がなにをやっているのか、そして誰を信頼したらいいのか、ちゃんとわかっていなさった。当時は口が堅いことも必要だった。伯爵様の色恋沙汰ときたら、口の中の歯の数より多かったんだから。伯爵を殺してやると誓った亭主は、山のようにいた。貴族だけじゃなく、百姓にも、粉屋にも、狩人にも。当時の伯爵のお相手は、ポルムベルク家の若い伯爵夫人。夫人も伯爵には女狐みたいにぞっこんでね。で、ちょうど夫人が伯爵様に惚れてたのと同じように、その侍女がさ、スロヴェニア生まれのブロンドだったけれど、このあたし、ゴットヘルフ様に惚れちゃった。さて、ポルムベルクの領地では狩り立て猟をやるんだが、若いポルムベルク伯爵夫人がお忍びでポルツィア伯爵の持ち場にやってきた。実際、四つん這いになって這ってきたんだぜ。そのあいだにあたしは、伯爵から銃を渡されて、〈代わりに撃て。誰にも気づかれんように〉と言われたわけ。実際、代理が撃ってるとは誰にも気づかれなかった。伯爵様に負けないくらい射撃の名手だからさ。そのときシカ用の散弾で、がっしりしたノロジカを撃ったんだ。40歩くらい離れていたかな、若い木立に隠れてたので、ちょうど肩甲部のあたりが薄明かりのなかで見えたから。弾が命中して獲物がばたっと倒れた。と同時に、下生えから悲鳴が聞こえてきた。どうやら女が泣いているみたいだった。だがすぐに静かになった。傷ついた女が自分で自分の口をふさいだみたいだった。あたしは持ち場を離れるわけにはいかなかったので、その晩、あの女を訪ねてみると、傷のせいで熱を出して、ベッドで寝てた。すぐにピンときたね。嫉妬に駆られて森に来てたんだ。侍女も一緒だろうから、ふたりの現場を下生えのところで押さえてやろう、と考えたんだな。あたしは腹を抱えて笑っちゃった。あたしの手でお灸を据えられたんだから。おまけにさ、文句も言えないどころか、こっぴどく嘲られても、黙って聞いてるしかないわけ。そのうえにだよ、真相を誰にも話せないばかりか、〈鎌の上に転んで、ひざの上をぐさっと切っちゃって〉と、真っ赤な嘘をつくしかなかったわけ」

アンドレアスは馬を急がせた。相手も馬を急がせた。アンドレアスのぴったり後ろにあるその顔は、厚かましく荒々しい欲望のせいで赤くなっていた。狂暴になった交尾期の雄ギツネみたいに。「その伯爵夫人は、まだ生きてるのか?」と、アンドレアスがたずねた。「おお、まだ何人もの男を幸せにしてですね、今でも、25歳に見えますよ。その夫人のことなら、いろいろお話しできますぜ。――そもそも、このあたりのお館に住んでいるお上品な女なんて、うまく扱いさえすれば、百姓女が小指しか出さないところで、すぐに手を全部、いやもっとほかにも出してくる」。今や従者は、アンドレアスの後ろではなく、ぴったり横について馬を進めていた。が、アンドレアスは構わなかった。従者はクモみたいに不快だったが、従者の話に22歳の血が興奮した。あらぬことを考えていたのだ。もしも今晩、ポルムベルクのお館に着いたら、どうしよう。ほかの客といっしょに、自分も招待されているのだとしたら? 狩りが終わった日の晩だ。狩りでは撃ち手として自分が一番だった。狙えば、当たった。自分が撃っているとき、美しい伯爵夫人がそばにいる。自分が森の獲物の命をもてあそぶように、夫人の視線はアンドレアスのことをもてあそんでいる。——それから突然、ふたりだけになる。部屋には誰もいない。夫人とふたりだけ。壁はものすごく厚く、死んだように静かだ。恐ろしいことに、夫人は生身《なまみ》の女であり、もはや伯爵夫人ではない。自分も若い騎士ではない。慇懃《いんぎん》や高貴は姿を消し、美しさも姿を消した。あるのは、乱暴なふるまい、闇の中での殺人だ。ゴットヘルフの奴がぴったり横にくっついていて、ケダモノのように口を大きく開け、小銃を、下着姿で忍んできた女にむけて撃っている。アンドレアスは伯爵夫人といっしょに食堂へ戻りたい。すべてが楽しく、きちんとした場所へ。われに返って自分の頭で考えるのだ。——と思ったとき、気がついた。手綱を引いて馬を止めてしまったのだ。アンドレアスは従者に、主人などではなく、長年いっしょに豚にエサをやっていた仲間であるかのような調子で、罵倒された。アンドレアスは従者を叱らなかった。今はあまりにも無気力で、広い谷間が不快だった。雲が袋のように垂れ下がっている。これが遠い昔のことだったら、と思った。自分がもっと年を取っていて、子どもをもつ身であれば、と思った。ヴェネツィアにむかって馬を進めているのが、自分の息子だったら、と思った。しかも、自分とはまったく別人で、まともな男だったら、そして、鐘の音が聞こえる日曜の朝のように、なにもかもが純粋で、友好的だったら。

次の日、道は山を上っていった。谷が狭くなっていく。傾斜が急になり、目を上げると、ときどき教会や、2、3軒の家が見えた。見下ろせば、水が音を立てて流れていた。雲は動いていて、ときどき陽射しが矢のように谷川に刺さった。ヤナギとハシバミのあいだで石がほの白く輝き、水が緑色に輝いた。それからまた薄暗くなり、小雨が降った。出発して百歩ほど歩いたところで、買ったばかりの馬が足を引きずりはじめた。目がどんよりとし、顔がぐっと老け、取り替えられた馬のように見えた。

ゴットヘルフが悪態をついた。「当たり前なんだよな。日が暮れて、馬も足がくたびれてる頃にだよ、薄暗い街道で、わけもなく出し抜けに手綱を引かれて、止められちゃ、後ろ歩いてる馬はつまずいちまう。あんな無作法な乗り方、お目にかかったことがないや。帝国騎兵隊なら、鎖エビ固めの罰ですぜ」

アンドレアスは、またもや従者を叱らなかった。こいつは馬のことがわかってるんだから、と思った。自分の鹿毛には責任をもたなくては、と思い込んでるんだ。だから腹を立ててるんだ。——でもペッツェンシュタイン男爵に対してなら、あんな口の利き方はしなかっただろう。相手がぼくだからだ。ぼくにはまるでない。偉い主人には、それなりの威厳があるから、従僕も敬意を払うんだ。ぼくにはまるでない。無理して、あるように見せかけても、ぼくには似合わない。土曜までは雇っておこう。土曜になったら、半値で損してもいいから、馬も売り払い、こいつの給金もきれいに払ってしまおう。これだけの男だから、1人で10人分の仕事をこなすが、そのためには主人も替えなくちゃな。

まもなく常歩《なみあし》にするしかなくなった。馬の顔がみじめでげっそりしたように見え、ゴットヘルフの顔も、むくんで怒っているように見えた。ゴットヘルフは、目の前に見える、道から外れたところにある大きな農家を指さした。「あそこで下りましょうか。馬がこんなにくたびれてちゃ、一歩も進めやしない」

それは、堂々とした農家と呼ぶ以上の構えだった。屋敷全体を石壁が四角形で囲み、その四隅のそれぞれに堅牢な塔が立ち、石壁にしつらえられた門には盾型紋章がはめ込まれていた。殿様が住んでいるにちがいない、とアンドレアスは思った。ふたりは馬から下りた。ゴットヘルフが2頭の馬を引いたが、鹿毛のほうは誘導するというよりは引っ張って門をくぐらせた。庭には誰もいなかったが、美しくて大きなオンドリが1羽、堆肥の上でたくさんのメンドリに囲まれていた。泉水から水がチョロチョロとあふれて、石壁の下で、イラクサとブラックベリーのあいだに水路を作っている。その水路では小さなアヒルたちが泳いでいた。本当に小さなチャペルがある。その裏手では、木の格子に囲まれて花が咲いている。これらが全部、石壁の内側にあった。庭の真ん中を通っている道は石畳で、馬の蹄《ひづめ》がパカパカ鳴った。それは、大きなアーチの門道《アーケード》で、建物の真ん中を貫通していた。廐《うまや》は建物の裏手にあるにちがいなかった。

ようやく下男が2人やってきた。それから若い下女も1人。そして農家の主人も姿をあらわした。背が高く、見たところ40歳をそれほど越えてはいないが、ほっそりしていて、美しい顔立ちだ。客人たちの馬には廐舎が、アンドレアスには2階の気持ちのいい部屋が用意された。すべては裕福な屋敷の流儀で、突然の客にもうろたえることがない。主人は、小さな鹿毛にちょっと目をやってから、近寄ってきて、馬の前脚と前脚のあいだをのぞいたが、なにも言わなかった。ふたりの客人は、すぐに昼食の席へ招待された。

その部屋は、みごとなアーチの丸天井で、壁ぎわのキリスト磔刑の彫像は、ものすごく大きい。部屋の隅にテーブルがあり、食事はすでに並べられていた。下男下女たちはすでにスプーンを手にもっている。上座には奥様がすわっていた。大柄で、顔立ちは整っているが、主人ほど美しくもなく、晴れやかでもない。その隣にすわっていたのが娘で、母親と同じくらいの背の高さだが、まだ子どもっぽい雰囲気で、顔立ちは、母親そっくりで整っているが、呼吸するたびに全体がぱっと輝くところは、父親に似ていた。

それから始まった食事の不愉快な思い出は、苦い食べ物のように呑み込むのに四苦八苦した。どの人もとても気立てがよく、親しみやすく、なにもかもが作法と道徳にかない、悪意もなく、食前の祈りは主人がみごとに唱え、奥様は見知らぬ客に対してわが子に対するように心を配り、下男も下女もつつしみ深いけれど遠慮がなく、どこを見ても、みんな心を開いて友好的だった。そんななかでゴットヘルフだけが、若草のなかにいる雄ヤギのようだった。厚かましくて、自分の主人を見下し、下男や下女に対して卑猥で主人風を吹かせ、ほらを吹き、いばり散らした。アンドレアスは喉を締めつけられた。その男が下品なことを言い、厚かましくも愚かにも、あたり構わず自慢していることが、どれも十倍になってアンドレアスの腹にこたえた。下男や下女の気持ち、主人の気持ち、奥様の気持ちが、わが心のように感じられた。主人は額の動きを止めているようだ。奥様は顔を厳しくこわばらせていた。――アンドレアスは、立ち上がってゴットヘルフに思い知らせてやりたかった。こぶしで顔をなぐりつけてやりたかった。奴が血を流して倒れて、両足をかかえて引きずり出さねばならないほどに。

ようやく食事が終わって、感謝の祈りが捧げられた。とりあえずアンドレアスはゴットヘルフに指図した。すぐに厩舎に行って、病気の馬の具合を見てくるように。その前にサドルバッグとリュックサックを2階の自分の部屋に運んでくるように。その指図の調子が厳しく、きっぱりしていたので、従者は驚いて、アンドレアスの顔をまじまじと見つめた。卑しい口をゆがめ、意地の悪い目つきになったが、すぐさま部屋を出ていった。アンドレアスは2階の自分の部屋へ行った。――下へ行って馬の様子を見ようと思ったが、やめておこうとも思った。ゴットヘルフと顔を合わせないですむからだ。建物の真ん中を貫通している門道《アーケード》に立っていると、半開きのドアが開いて、娘のロマーナが出てきて、「どちらへ？」とたずねた。「いや別に。ただの暇つぶしで、ブラブラしているだけ。でも馬の様子を見なくちゃいけない。明日出かけられるかどうか」。ロマーナが言った。「暇つぶししなきゃならないんですか？　わたしなんか、あっという間に時間がたっちゃうから、しばしば怖くなるわ」――「もう、村にはいらっしゃった？　教会がとてもきれいなの。見せてあげたいわ。見て戻ってきてから、馬の様子を見にいってもいいでしょ。教会を見にいっているあいだに、あの従者の方が馬の湿布をすませちゃってるでしょうね。ほっかほかの牛糞で」

それからふたりは建物の裏手から庭に出た。牛舎と石壁のあいだに道があり、ひとつの隅の塔の横に小さな木戸があって、屋敷の外に通じていた。細い道を歩いて草地を上っていくあいだ、ふたりはよくしゃべった。ロマーナがアンドレアスにたずねた。「ご両親はご健在？　ごきょうだいは？――あら、ひとりっこなんだ。それはお気の毒。わたしは兄が2人。本当は、9人きょうだいだったの。6人が死ななかったらね。6人とも汚れを知らない子どものときに、天国に行っちゃった。残った兄2人はね、下男2人を連れて、クロースターヴァルトの山林で樵《きこり》をやってるわ。木造の小屋で暮らすの、楽しいのよ。下女も1人、いっしょに行ってるんだけど。来年は、わたしが行くことになっている。両親に約束してもらってるのよ」

しゃべっているあいだに村に着いていた。教会は村の脇のほうにあった。教会の中に入ってからは、小声でしゃべった。ロマーナが中にあるものをアンドレアスに教えていった。金色のカプセルに入った聖女ラディグンディスの指を収めた厨子《ずし》、ほっぺたをふくらませて銀色のラッパを吹いている天使たちがいる説教壇、自分の席、両親の席、兄たちの席。ロマーナたちの席は最前列にあり、そのベンチの横には金属の小さなプレートが貼られていて、「フィナッツァー家」の優先席の標示があった。それでアンドレアスはこの一家の名前を知った。

入ってきたドアとは別のドアから教会を出ると、墓地だった。ロマーナは墓のあいだをわが家のように歩いている。アンドレアスは墓塚のところへ連れていかれた。そこには十字架が何本か、前後して差し込まれていた。「ここにね、わたしのかわいいきょうだいが眠ってるの。神様、きょうだいの魂を救いたまえ」と言って、かがみ、美しい花のあいだにある雑草をちょっとむしり取った。それから一番前の十字架から聖水盤を取って、言った。「新しい水、入れなくちゃ。よく鳥がやってきて、ここにとまって、ひっくり返しちゃうの」。そのあいだにアンドレアスは名前を順に読んでいった。無垢な男の子の名前はエギディウス、アハツ、ロムアルトで、無垢な女の子の名前はザビーナで、無垢な双子の名前はマンズエットとリベラータだ。アンドレアスは一瞬、ぞっとした。みんな、こんなにも早く召されてしまったのだ。誰もこの地上に1年なりととどまらなかったのだ。夏だけの命、秋だけの命だった子もいる。彼は、ロマーナの父親の血色のいい晴れやかな顔を思い出し、母親の整った顔が、それよりこわばって青ざめていることを理解した。そこへロマーナが聖水を手に戻ってきた。聖水に畏敬の念をもって、ひとしずくもこぼさないように用心して、聖水盤を運んでいる。まさに真剣で注意深いところは子どもだが、無意識に見せる愛らしさや背丈においては一人前の処女だ。——「このあたりで眠っているのは、うちの親族ばっかりなの」と言って、褐色の目を輝かせながら墓を見渡した。彼女にとって、ここにいることが気持ちいいのは、食事のとき父親と母親にはさまれてすわり、形のいい口にスプーンを運ぶことが、気持ちいいのと同じなのだ。アンドレアスがどこを見ても、ロマーナはその方向を見た。彼女の視線は、動物の視線のように迷いがなく、相手の視線がどこをさまよっても、いわばそれを横取りすることができたのだ。

フィナッツァー家の墓の後ろ側にあたる、教会の囲壁には、赤みを帯びた大きな墓石がはめ込まれており、そこに騎士の姿が刻まれていた。頭のてっぺんからつま先まで武装しており、腕に兜《かぶと》を抱え、足もとには小犬がいる。小犬は、ちょっと寝ているだけに見えるほど本物そっくりで、前足を紋章盾にかけている。ロマーナはアンドレアスにその小犬を指さした。王冠を前足で抱え、自分も王冠をかぶっているリスを指さして、兜《かぶと》飾りになっているのだと教えた。「あれがうちのご先祖なの」と言った。「ご先祖は騎士だったんだけど、ヴェルシュチロルからやってきて、ここに住みついたの」――「じゃあ、君たちも貴族なんだ。屋敷の建物の日時計の上に描かれてる紋章は、君たちの紋章？」と、アンドレアスがたずねた。――「そうよ」と言って、ロマーナがうなずいた。「うちにある本に全部、絵が載ってるわ。ケルンテン貴族名鑑って呼ばれてる本だけど。［神聖ローマ帝国の皇帝］マクシミリアン１世［1459～1519］の時代の本。よかったら、お見せしましょうか」

家に戻ってロマーナは、アンドレアスにその本を見せた。たくさんの美しい兜《かぶと》飾りを前にして、彼女は本当に子どものように大喜びした。翼、跳びはねている雄ヤギ、ワシ、ニワトリ、野生人。――なにひとつ彼女は見落とさなかったが、自分の家の紋章が一番美しいものだった。王冠を抱えたリスだ。いや、それは一番美しいというよりは、彼女の最愛のものだった。１ページずつめくりながら、アンドレアスにながめる時間をあたえた。「今度は、これ見て！」と、毎回叫んだ。「この魚、怒ってるみたいでしょ。釣り上げられたマスみたいに。——この雄ヤギ、感じ悪いわ」

それから彼女は、別の厚い本を持ってきた。地獄の劫罰の図録だ。地獄に堕ちた者の拷問が、7つの大罪にしたがって並べられている。どれも銅版画だ。アンドレアスに絵の説明をした。どの罰もどんなふうに罪の報いとなっているのか、精確に説明した。彼女はどんなことでも知っていた。どんなことでも無邪気に率直に口にした。アンドレアスは水晶をのぞき込んでいるような気分だった。世界全体が水晶の中にあるのだ。しかも無垢で純粋なまま。

ふたりは並んで、広い部屋の、隅の窓に作りつけたベンチにすわっていた。ロマーナが聞き耳を立てた。壁を通して音が聞こえるかのように。「あら、雌ヤギたちが帰ってきたわ。さあ、見に行きましょう」。ヤギ係の牧童が乳しぼりの桶をあらかじめ出していた。雌ヤギたちが牧童のまわりに殺到している。どの雌ヤギも、張り切った乳房を桶の上に持っていこうとしている。雌ヤギは全部で50頭。牧童は雌ヤギに囲まれて身動きできなくなっている。ロマーナはどの雌ヤギのことも知っていた。雌ヤギたちは彼女のほうを見て、どちらへ行こうか、迷っていた。彼女はアンドレアスに、どれが一番タチが悪く、どれが一番気立てがよく、どれが一番毛が長く、どれが一番多く乳を出すのか、教えた。雌ヤギたちもロマーナのことは知っていて、喜んでそばに寄ってきた。そのあたりの囲壁のそばが草地になっているので、ロマーナがさっと地面に横になると、1頭の雌ヤギがすぐ彼女にまたがって、乳を飲んでもらおうとした。飲まないでいると動こうとしないので、ロマーナは、アンドレアスの手を引っ張って、ハシゴのついた干し草の荷車の陰に跳び込んだ。雌ヤギは途方に暮れ、彼女を追ってあわれな声でメエと鳴いた。

そうこうするうちロマーナとアンドレアスは、塔の螺旋階段を上っていった。屋敷に4つある塔のうち、山に面している塔だ。塔の上部に円形の小さな部屋があり、止まり木にワシが止まっていた。死んだような目をした、化石のようなワシの顔に、光が射した。気だるそうに喜びながら翼を広げ、ちょっと脇へ跳んだ。ロマーナはワシの横にすわって、ワシの首に手を添えた。「このワシはね、おじい様が連れて帰ってきたの。まだ毛の生えてない雛のときに。おじい様はね、ワシの巣から雛を取るのが得意だったの。それ以外はもうなにもやってなかった。でも、よく馬で遠出をして、あちこち山に行き、どこかの岩壁でワシの巣を見つけると、その土地で牧人や猟師など人を集め、一番長い教会のハシゴを何本もつなぎ合わさせて、それに上って、雛を取るの。教会の塔の高さほどの場所から、綱をつたって谷に下りることもあるわ。それがおじい様の得意技だった。きれいな女の人と結婚するのも得意だったな。4回したのよ。奥さんが亡くなるたびに、もっときれいな奥さんと。しかも毎回、血縁関係のある人とよ。だって、フィナッツァーの血より優秀な血はない、というのがおじい様の口癖だったから。このワシを捕まえたときは、もう54歳だったけれど、血の気が引くような恐ろしい谷で、教会のハシゴを4本つなぎ合わせて、それに上って、9時間がかり。その後ね、4人目の奥さんに求婚したのは。その奥さんはね、いとこにあたる人の若い未亡人で、昔からずっとおじい様にあこがれていて、ほかの誰にも興味がなかった。そのいとこが——急におびえて暴れ出した雄牛のせいで——転んで死んじゃったとき、喜んだほどなの。そのいとことのあいだには、きれいな女の子を授かったんだけど、ちょうどその頃が臨月だった。で、わたしの父と母は、きょうだいになったわけ。母のほうが父より1歳上だけど。だから父と母は、血がつながってるし、子どものときから一緒に育てられたので、すっかりおたがいに頼りっぱなし。父が馬で家畜の仕入れに、シュピタールとかチロルまで出かけるとき、それがほんの2

泊か3泊でも、母は父をなかなか離せなくて、毎回かならず泣いて、父にすがりつき、口や手にキスをして、父が出かけてしまっても、ずっと手をふって見送り、〈神様のご加護を〉と言っているわ。わたしもいつか、あんなふうに夫と暮らしてみたい。でなきゃ、結婚なんかしない」

そんな話をしながら、ふたりは庭を横切っていた。庭の木戸の横、塀の内側に木のベンチがあった。そこへロマーナはアンドレアスを連れていき、隣にすわるように言った。アンドレアスは不思議な気分だった。どうしてこの娘はどんなことでも気にせず話してくれるのだろう。まるで自分のことを兄と思っているみたいだ。やがて日が暮れはじめた。山並みの片側には灰色の雲が垂れさがり、逆側は透き通るように明るく澄んで、空のあちこちに金色のちぎれ雲が浮かんでいる。ダークブルーの空であらゆるものが動いていた。興奮したアヒルたちのいる小さな池は、しぶきが火と金《きん》のように飛び散っている。あちらのチャペルの壁を這っているキヅタは、エメラルドのようだ。ミソサザイかコマドリか、1羽の小鳥が緑の暗がりからすっと出てきて、ゆらめきながら輝いている大気のなかで、甘い声で鳴きながら宙返りした。なんといっても美しかったのは、透き通るように輝く深紅のロマーナの唇だった。その唇から、せっせと無邪気なおしゃべりが、魂の鼓動が聞こえる熱気のように出てきた。と同時に、そのひとことごとに褐色の目がキラキラ輝いた。

突然、アンドレアスは、向こうのほうに見える家の、2階の出窓にロマーナの母親が立って、こちらを見下ろしているのに気がついた。ロマーナにそのことを言った。鉛の枠の窓越しに、その女性が憂鬱で厳しい顔をしているように思えた。「さあ、もう立ち上がって、屋内に入らなければ。お母さんはさ、君に用事があるんだろう。いや、ぼくが君と一緒にすわっているのが、気に入らないのかもしれない」と言った。ロマーナはうれしそうに屈託なくうなずくだけで、彼の手を引いた。「すわったままでいいのよ」。母親がそれにうなずいて、窓から姿を消した。アンドレアスにはほとんど理解できなかった。両親や尊敬すべき人物に対しては、おどおどとかしこまった態度をとることしか知らなかったのだ。こんなふうに娘が若い男と自由に話をしていることを、母親が、たとえ口には出さないまでも、不快に思わないということが、アンドレアスには考えられなかった。彼は立ったまま、腰を下ろさずに言った。「やっぱりぼくは、馬の様子を見に行かなきゃ」

ふたりが厩舎に入ると、若い下女がかがみこんで火のそばにいた。髪が房になって、ほてったほっぺたに垂れている。従者のゴットヘルフは、その下女の横にいるというよりは、上に乗っていた。下女は鉄の鍋でなにかを調合している。「もっと硝石がいるわよ、曹長さん」と言って、大事なことをほのめかすかのように、その淫売女がくすくす笑った。——アンドレアスが入っていき、つづいてロマーナが入っていったとき、ならず者は見苦しくない体勢になんとか戻っていた。アンドレアスは従者に、まだ藁の上に転がっているサドルバッグを、今すぐ2階の部屋に運ぶように命じた。それからリュックサックも。「承知しました」と、ゴットヘルフが言った。「でもその前にこいつを片づけなくちゃね。飲み薬になるんですよ。こいつはね、病気の馬を元気にして、元気な犬を病気にするんだ」。そう言って、アンドレアスのほうをふり返り、ふてぶてしい顔でアンドレアスの目をのぞき込んだ。——「馬の具合はどうなんだ」と言って、アンドレアスは馬のほうに1歩、踏み出したが、2歩目を踏み出す前に、立ち止まった。自分には馬のことはわからない、ということに気づき、鹿毛もあわれな様子をしていたからだ。——「大丈夫ですよ。明朝には元気になって、出発できますよ」と答えて、したたか者は、火のほうに顔を向けながら、クックッと含み笑いをした。

アンドレアスはサドルバッグを手に持った。そして、このしたたか者にさっき命令したことは忘れているようなふりをした。誰に対してそんなふりをしているのか、勝手に頭を悩ませた。自分に対して？　こいつに対して？　ロマーナに対して？　ロマーナはアンドレアスについて階段を上ってきた。アンドレアスは部屋のドアを開いたままにして、サドルバッグを床に放りだした。娘は部屋に入ってきて、担いできたリュックサックをテーブルの上に置いた。

「これはね、おばあ様のベッドなの。ここでお産もしたのよ。ほら、きれいな絵でしょ。でもお母さんとお父さんのベッドは、もっときれいで、もっと大きいわ。ベッドの頭のほうには聖ヤコブと聖ステファノのお姿が描かれていて、足のほうにはきれいな花環の絵が描かれてる。このベッドが短めなのは、おばあ様が大柄じゃなかったからなの。あなたに長さが足りるかどうか、わからないわ。ともかく短いわね。わたしたち、同じ身長でしょ。試してみなくちゃ。ひとりで手足を伸ばして寝られるかどうか。か、からだを丸めて寝るなんて、無理でしょ。わたしのベッドは長さも幅もあるから、2人で寝ても大丈夫だけど」

長くて軽やかな手足を伸ばして、ロマーナはさっとベッドに飛び込んだ。か、からだをまっすぐに伸ばし、つま先でベッドのフレームの桟に触れた。アンドレアスは彼女の上にかがみこんでいた。雌ヤギの下で手足を伸ばしていたときと同様、とても無邪気に楽しそうに、彼の下でからだを伸ばしていた。アンドレアスは彼女のちょっと開いた口を見つめた。彼女が腕を伸ばして、そっと彼を引き寄せた。彼の唇が彼女の唇に触れた。彼はからだを起こした。ぞくっとした。生まれてはじめてのキスだった。彼女は彼を離してから、また優しく引き寄せて、キスを受け、キスを返した。同じことを3回も、4回もくり返した。風がドアを揺らした。アンドレアスは、誰かにのぞかれていたような気がした。ドアのところへ行き、廊下に出た。誰もいなかった。ロマーナもすぐ後ろについてきた。彼は階段を下りた。なにも言わずに。彼女も彼の後ろから下りた。まったく軽やかに、なんのこだわりもなく。

下にはロマーナの父親が立っていた。下男頭《がしら》に指図しているところだった。最後の二番刈り干し草をどうやって運び入れるか。どこでまずどれを干すか。娘は父親のところへうれしそうに駆けていき、もたれかかった。美しい男は大きな子どもの横で花婿のようだった。

アンドレアスは、大事な用でもあるかのように、厩舎のほうへ行った。薄暗がりの中からゴットヘルフがせかせかと出てきて、アンドレアスにあやうくぶつかりそうになり、「おっと、この野郎」と叫んだ。自分の主人だとわからなかったようだったが、すぐに口から泡を飛ばしてアンドレアスに話しはじめた。「あの女はね、すばらしいですぜ。馬の治療もせっせと手伝ってくれるし。ここの人間じゃない。低地からやってきて、百姓をみんな手なずけちゃってる。でもこんなこと、旦那に言う必要ありませんね。ようくご存知でしょうから。旦那は、若くて品のいいのを見つけちゃいました。ま、ケルンテンじゃ、こんなもんだ。これが、生きるってことなんで！　ここじゃ、15になると処女はいない。大きな農家のお嬢さんでも、乳しぼり女とまったく同じでね、自分の部屋のドアは、閂《かんぬき》をかけないでおくのが好きなんだ。今日はこの人に、明日はあの人に、って具合だから、男はみんなご馳走にあずかるわけ」——アンドレアスは胸に火がつき、はげしく燃え上がって、喉が熱くなった。だが舌から言葉が出てこない。下品な男の口をなぐりつけてやりたかったのだが。——どうしてそうしなかったのか？　気配を察して相手は、半歩下がった。けれどもアンドレアスは上の空だった。瞳がふるえていた。アンドレアスは見た。下着姿のロマーナが暗闇のなか、清潔な自分のベッドの上にすわっている。裸足で、ドアの取っ手をじっと見つめて。さっき彼女は、自分の部屋はここだと教えてくれた。隣に空き部屋があることも。それからベッドの話もしてくれたじゃないか。これらのことがみんな、彼の目の前をただよって行った。山の霧のように。彼は妄想にかかずらうのをやめようと思った。妄想を捨てようと思った。——思わず彼は、下品な従者に背中を向けた。これでまた奴の勝ちゲームになった。

夕食のときアンドレアスは、これまで味わったことのない気持ちになった。闇と光、顔と手、なにもかもが分断されているようだった。主人は果実酒のジョッキを取ろうとして、アンドレアスのほうに手を伸ばした。アンドレアスは、裁きの手が自分の心臓の血管をつかもうとしているのかと思って、心の奥底までギクッとした。テーブルの下手では、あの下女がクックッと含み笑いをしながら、「曹長さん」と呼んだ。アンドレアスは意地悪く横柄に、「いったい誰のことかね?」とたずねた。自分の声ではないように聞こえた。夢を見ていて、夢の中から話しているような気がした。向こうから従者がアンドレアスをにらみつけていた。顔から血の気が失せ、もじゃもじゃの髪で、——唇を嚙んで、怒っていた。

その後、アンドレアスはひとりで自分の部屋にいた。テーブルのそばに立って、サドルバッグのひもを締めていた。火打ち石があったが、ロウソクは必要がなかった。月の光が窓からこうこうと射し込み、すべてが黒と白に分かれていた。屋敷の中の物音に聞き耳を立てた。革長靴は脱いでしまっていた。——なにを待っているのか、自分ではわからなかった。しかし、わかってもいたので、突然、外の廊下に出て、ある部屋のドアの前に立っていた。アンドレアスは息をひそめた。ひとつのベッドで寝ているふたりの人間が、ぼそぼそと仲むつまじく話をしている。アンドレアスは神経を集中させた。すると、奥様がしゃべりながら髪を編んでいるのが聞こえた。それと同時に下の庭で、犬がガツガツなにかにかぶりついている。こんな夜中に誰が犬にエサをやっているのか、とアンドレアスは思った。と同時に、自分の子ども時代にもう一度、引き戻されてしまうような気がした。あの頃は、まだ両親の部屋の隣に小さな部屋をもらっていたのだが、壁に作りつけられたクローゼット越しに、両親の会話が、否応なしに聞こえてきた。今もこの屋敷で夫婦の会話を聞こうとしたわけでもないのに、聞こえてくる。その話し声にまじって、両親の会話が聞こえてきたのだ。両親は、この屋敷の夫婦より明らかに年上だが、そんなに離れてはいない。10歳くらいの差だろうか。しかしそれだけの差があるということは——と、彼は考えた。——それだけ死に近いということだろうか？　生き尽くしたということだろうか？　両親の会話は、口にするほどのことでもなく、売り言葉に買い言葉のようなものだから、真の生活が素通りしてしまうのだ。だがこの部屋にいるふたりの会話は、どの言葉にも温かい血が通っていて仲むつまじく、新婚ほやほやのカップルのようだ。

アンドレアスは不意を打たれた。冷たいしずくが一滴、心臓の真ん中に落ちてきたような衝撃を感じた。夫婦がアンドレアスとロマーナのことを話している。それもなんの悪気もなく。「あの子がなにをしようと」と、妻が言った。「好きにさせておくわ。わたしの見ていないところで悪さをするような子じゃない、ってわかってるから。そんなことするには、率直すぎるのよね。それはあなた譲り。あなたはどんなときでも、情熱的で幸せを大事にする人だったけど、あの子も、神様のご加護でそんなふうに育ったのよ」――「いや、そうじゃない」と、夫が言った。「それはあんた譲りなんだ。あの子はね、この母親の子どもだから、間違ったことをこっそりやったりするわけがないんだよ」――「でも、その母親はもうお婆さん。今じゃ娘が、知らない男を追いかけてるんだから。きっとそのうち、あなたも、こんなお婆さんの恋人みたいなふりするの、恥ずかしがるわ」――「いや、絶対そんなことはないさ。私にとってあんたはずうっと変わらない。いや、むしろ、もっと愛おしくなっている。結婚して18年、私が後悔したことなど、一度もない」——「わたしだって、後悔したことなんて一度もないわ。わたしにとって大事なのは、あなただけよ」。それに対して夫が美しい声で返した。「私にとって大事なのは、あんたと、それに子どもたちだけだ。あんたと同じように大事なのは、子どもたちだけだな。——この世にいる子どもも、もうこの世からいなくなってしまった子どもも。それにしてもあのふたりは、幸せだったと言うべきだね。4月にシュヴァルツバッハの川が増水したとき、さらわれてしまった、あの老夫婦。いっしょにひとつのベッドに寝たまま流されて、ずっと手を握り合ってたんだよね。で、ふたりいっしょに狭い谷間に放り出されてさ、白髪がヤナギの木の下で銀のように輝いてた。あれは、老夫婦が神様に選ばれた者だったからこその、老夫婦への恵み。それは、人間の願いや頼みの彼岸にあるんだ」

そのうち部屋がすっかり静かになった。ベッドでかすかに動いている音が聞こえる。アンドレアスは、ふたりがキスしているように思えた。立ち去ろうと思ったが、なかなか動けなかった。あまりにも静かだったからだ。自分の両親はこんなにすてきな夫婦ではなかった。こんなに心のこもった関係ではなかった。そう思うとアンドレアスは心が重くなった。もっとも両親は、おたがいに相手のことを誇りに思っていたし、世間に対してはしっかり手を結んでいたし、おたがいに相手の名誉には敏感だったし、みんなから尊敬されるよう気を配ってはいたのだが。なにが両親に欠けているのか、彼には解くことができなかった。そのとき部屋のふたりが、いっしょに主の祈りを唱えはじめた。アンドレアスは、そっと静かに立ち去った。

今はますますロマーナの部屋のドアへ引き寄せられた。逆らいようがなく、しかし前回とはちがって。すべてがきれいに白と黒に分かれていたのだ。アンドレアスは自分に言い聞かせた。「ともかくここは、ぼくの家だ。ともかくロマーナは、ぼくの妻だ。だからぼくは妻の横に寝て、子どもの話をするんだ」。今や彼には自信があった。ロマーナが彼を待っているのだ。こうして彼が彼女のところへ行くのと同じ気持ちで。罪のない火のような抱擁を何度もして、ひそかに婚約することを待っているのだ。

しっかりした足取りでドアまで急いだ。ドアは鍵がかかっておらず、押すと音もなく開いた。彼女は眠らず闇の中でベッドにすわって、期待に胸をふるわせているのではないか、と彼は思った。アンドレアスはもう部屋の真ん中にいたのだが、彼女がぴくりとも動かないことに気づいた。彼女の呼吸があまりにも静かなので、彼も息をひそめて耳を澄ますしかなかった。彼女が起きているのか、眠っているのか、わからなかった。彼の影が床にしっかり根を張っているようだった。我慢しきれず名前をささやきそうになった。返事がなければ、キスして起こそうかとも思った。――そのとき彼は、冷たいメスをあてられたようにビクッとした。大きなたんすが黒い影を投げかけている、もうひとつのベッドに、別の人間が寝ていたのだ。それがちょっと動いて、ほっと息をついて、寝返りを打った。頭が月の光に近づいた。束ねた白髪が見えた。使い走りをする年寄りの女中だった。これでは退散するしかない。一歩ずつ、一歩と次の一歩のあいだには無限の時間があった。思惑が外れ、そっと夢遊病者のように、月の光に照らされた長い廊下を歩いて、自分の部屋に戻った。

こんなに人目を忍びながら、こんなに居心地のいい気持ちは、これまで味わったことがなかった。裏庭をながめた。厩舎の上には満月がかかっている。鏡のように澄んだ夜だ。月明かりに犬が照らされている。奇妙なほど首をかしげたままの姿勢で、自分で自分のまわりをクルクル回っている。ひどく苦しんでいるように見えた。もしかしたら年で、死が近いのかもしれない。アンドレアスは漠然とした悲しみに襲われた。その被造物の苦しみを見ていると、ものすごく憂鬱になった。自分はこんなに幸せなのに、この光景を見て、父親の死が迫っているのだと警告されているかのようだった。窓から離れた。今また、わがロマーナのことを思うことができた。さっきまであんなふうに両親のことを思っていただけに、ロマーナへの思いは、もっと真実になり厳粛になった。急いで服を脱ぎ、ベッドに入った。頭の中で両親に手紙を書いた。いろんな思いがあふれ出てきた。思いついたことには、どれも反論のしようがなかった。こんな手紙を両親に出したことはなかった。両親は、アンドレアスもう子どもじゃなく、一人前の男なんだ、と感じるにちがいない。〈もしもぼくが息子ではなく、娘だったら〉――と、こんな内容を手紙に書きはじめた。――〈お父さんとお母さんには、とっくの昔に幸福のお裾分けをしていたと思います。まだ十分にお元気なうちに孫を抱いてもらい、子どもの子どもが成長していくのを見てもらえたと思います。――でも、ぼくのせいで、あまりにも長いあいだその幸福はお預けになってしまったのです。その幸福は、人生のあらゆる幸福のうちでもっとも純粋なもののひとつであり、いわばそれ自身、新しい人生と呼べるものですが。――ぼくは、お父さんとお母さんを喜ばせたことがほとんどありません〉――と、彼は痛切に思った。両親が死んでしまったので、両親に添い寝して、両親のからだを自分のからだで温めなければ、と思うかのように。——〈ぼくは今、お金がたくさん必要な外国旅行をさせてもらっています。——なんのために？　外国で見知らぬ人間と知り合いになり、見知らぬ風俗習慣を観察して、立派な作法を身につけるためです。でもそれは手段でしかありません。あくまでも目的のための手段にすぎません。しかし、その最高の目的とは人生の幸福ということにほかなりませんが、もしもその目的が直接、すばやい一歩で永遠に自分のものになるとすれば、そのほうがずっとすばらしいことだと思います。今ぼくは、神様の突然のお計らいにより、ひとりの娘に出会いました。ぼくの幸福を保証してくれる生涯の伴侶です。これからのぼくが努めるべきことは、ただひとつ、この人を伴侶として自分が満足することによって、お父さんとお母さんを満足させることなのです〉

頭の中で書いた手紙は、ここで簡単に紹介した内容を、はるかに超える手紙だった。躍動する感動的な言葉が勝手に湧いてきて、美しい言い回しが鎖のようにつながっていた。フィナッツァー家のすばらしい家屋敷のことや、古い貴族の血を引いていることも書いた。誇張することなく、自分に満足のいくやり方で、さりげなく、しかし印象的に。インク壺とペンさえ手もとにあれば、ベッドから跳び出して、一気に手紙を書いてしまっただろう。けれども疲れが出てきて、美しい鎖がバラバラになり、手紙以外のことが頭の中に押し入ってきた。不快なことや不安なことで頭がいっぱいになった。

真夜中は過ぎていたのだろう。支離滅裂な夢を次から次へと見た。どの夢も、自分がそれまでに味わった屈辱の経験だった。自分を当惑させ不安にしたものが、ひとつになって押し寄せてきた。子ども時代と少年時代のねじれて歪んだ経験のすべてを、もう一度くぐり抜けることになってしまった。そのときロマーナが目の前をさっと走り去った。なかば農民風、なかば都会風の奇妙な服を着て、襞《ひだ》のある黒い絹の刺繡つきのスカートの下は、素足だ。たくさんの人が行き来しているウィーンのシュピーゲルガッセで、彼の両親が住むわが家のすぐ近くだった。不安に駆られて追いかけてしまっているが、こうやって追いかけていることも、絶対に見つからないようにしなくてはならない。彼女は人混みをかき分けて進んでいった。ちらっと彼に向けた顔は、しかめ面の木彫りのようだった。どんどん急ぐので、服がはだけて乱れている。突然、建物を貫通している門道《アーケード》に姿を消したので、彼も、左足の許すかぎり後を追った。ようや左足がどうしようもなく重くて、何度も舗石のすき間にはまってしまうのだ。ようやく彼も、その門道《アーケード》にたどり着いたが、そこで恐ろしいものに出会うことになった。彼が少年のときなによりも恐れていた視線は、彼に最初に教理問答を教えた男の視線だったが、その視線に突き刺されたのだ。そして、その教理問答師のぽっちゃりした小さな恐ろしい手に、つかまれた。聞きたくなかった話を夕暮れ時の裏階段で、アンドレアスに話して聞かせた少年の、むかむかするような顔が、彼のほっぺたに押しつけられた。アンドレアスがその顔を必死に脇へ押しのけたとき、これからロマーナを追って通らなければならないドアの前に寝そべっていた生き物が、アンドレアスに向かって動いてきた。猫だ。アンドレアスが以前、車の轅《ながえ》で背骨をなぐりつけてやったのに、なかなか死ななかった猫だ。結局、こいつは死ななかったのか。あれから何年もたつのに！　仙骨がつぶされたのにヘビのように這いながら、アンドレアスのほうに寄ってくる。猫にじっと見つめられたとき、なによりもその表情が怖かった。どうしようもない。猫をまたいで行くしかない。重たい左足を猫の頭上に、言葉に尽くせないほどの痛みをこらえて持ち上げたとき、猫の背中がうねりながらずっと上下していた。そのときアンドレアスは、首をねじ曲げて下から見上げる猫の視線に撃たれた。猫の頭はまるく、猫であると同時に犬でもあるような、その顔には、情欲と死の苦しみが、ぎっしり身の毛がよだつほど混ざり合っていた。——アンドレアスは叫びそうになった。そのとき部屋の中でも叫び声が聞こえた。アンドレアスはからだをねじ曲げてクローゼットの中をくぐり抜けるしかない。クローゼットは両親の服でいっぱいだ。部屋の中から聞こえてくる、身の毛がよだつような叫び声は、ますますひどくなった。殺し屋の手にかけられている生き物のようだ。ロマーナだ。だがアンドレアスは助けることができない。着古された服が多すぎる。何年も前の服が捨てられていない。汗をたらしながらからだをねじ曲げて、服の山の中をくぐり抜けようとした。——心臓がドキドキして目が覚めると、ベッドで寝ていた。すでに白みがかっていたが、まだ夜は明けていなかった。

屋敷は不穏な空気だった。あちこちのドアが開き、庭は走る人や、声をかけ合う人で騒々しかった。また叫び声が聞こえた。その叫び声で、夢を見ていたアンドレアスの心が、夢の深みから青ざめた光の中へ引き上げられたのだ。耳に突き刺さるような女の声が泣き、嘆いている。耳をつんざくような悲鳴が、たえまなく断続してくり返されている。アンドレアスはベッドから出て、服を着た。だがそのときの彼は、刑吏の声で起こされた死刑囚の気持ちだった。昨日の夜の夢が、あいかわらず重くのしかかっていた。——なにか重大なことをやらかしてしまい、ついに今、すべてが明るみに出されるかのような気分だった。

声のする方向に、彼は階段を下りていった。身の毛のよだつような声が屋敷全体に響いていた。声の主がロマーナかもしれないと思うと、血が凍りついた。しかしまた思い直した。たとえ殉教者として火刑台にいようと、ロマーナの口からあんな声が出るわけはない。

1階に下りると、脇に小さな廊下があり、下男と下女でひしめき合っていた。小部屋のドアが開いていて、みんなはそのドアから中をじっとのぞきこんでいる。アンドレアスがみんなの中に入っていくと、道を空けてくれた。小部屋のドア敷居のところで立ち止まった。焼け焦げたものから出る煙と悪臭に直撃されたのだ。ベッドの柱脚に女が裸同然でくくりつけられていた。その口が、耳をつんざくような声で嘆き訴えている。それが、地獄の劫罰のように響いて、アンドレアスの夢の深みにまで届いていたのだ。屋敷の主人は、泣き叫んでいる女をなだめている。奥様は服装を整える余裕がなかったらしい。年寄りの下男が小刀で、女の踝《くるぶし》をベッドにくくりつけているロープの結び目を切った。手かせのロープは、すでに切られていた。猿ぐつわが床に転がっている。女中頭《がしら》が、まだくすぶっているマットレスと、焼け焦げたベッド後部の柱脚に壺の水をかけ、ベッドの前に積み上げられた藁と柴は、火種の残っているところを踏んづけて消した。

そのときアンドレアスは、くくりつけられて泣き叫んでいる女が、昨日、従者のゴットヘルフといちゃいちゃしていた若い下女だと気がついた。そして、身の毛もよだつようなつながりを予感して、からだが熱くなったり、寒くなったりした。泣き叫ぶ声が静かになってきた。心配のあまり半狂乱になっていた下女を主人と奥様がなだめていたのだが、じょじょにそれが効いてきたらしい。ピクピクふるえながら下女は女中頭《がしら》のひざに抱かれていた。からだに馬着《ばちゃく》の粗い毛布を巻いてもらっている。主人の質問に答えはじめた。泣きはらしていた顔に人間らしい表情が戻ってきた。だがどの答えもふたたび、魂を引きちぎるような叫び声になり、大きく開けた口から屋敷中に響いた。「その男はお前をなぐって失神させたのかい？　それともほかの方法で？　それからなんだね、お前に猿ぐつわをかませたのは？」と、主人がたずねた。

「そいつが犬に調合した毒は、どんな毒だった？　犬に毒を食わせてから、お前が猿ぐつわを外して叫べるようになるまでの時間は、短かったかい？　それとも長かった？」――しかし下女の口から出てくる言葉は、いつも同じだった。「もう恐ろしくって恐ろしくって、泣き叫んだんです。〈どうか神様、罰したまえ〉と。あたしをこんなふうに縛り上げて、あたしの目の前で火をつけて、それから出ていって、外から閂《かんぬき》を下ろして、あたしを閉じ込め、窓からあたしを見てニヤニヤして、あたしが死ぬほど怖がっているのに知らんぷりしてたんです」。そんなことを言いながら、下女は、「どうかあたしには、重い罪だけはご勘弁ください」と、くり返し懇願していた。名前は口にされなかったが、アンドレアスには、誰のことを言っているのか、痛いほどわかっていた。ずっと見たいと思っていたものを、ついに今ここで見たのだ。夢見心地で、下男と下女のあいだをかき分けて歩いた。みんな黙って道を空けてくれた。みんなの後ろで、ドアの脇の壁の凹みに隠れるようにして、ロマーナがいた。整った服装ではなく、素足で、小刻みにふるえながら。「ぼくが夢で見た姿とほとんど同じだ」と、彼はつぶやいた。アンドレアスに気づいたとき、ものすごい恐怖の色がロマーナの顔に浮かんだ。

アンドレアスは厩舎に入っていった。若い下男もそっと後ろからついてきた。もしかしたら疑っているのかもしれない。アンドレアスの栗毛が昨日つながれていた場所は、空っぽだ。鹿毛はちゃんと立っているが、あわれな様子をしている。ついてきた若い下男は背が高く、隠し立てとは縁のない顔をして、アンドレアスをじっと見ている。アンドレアスは決心して、たずねた。「ほかにも盗まれたものは？」——「今のところ、ないようです」と、下男が言った。「うちの者が何人か、追いかけてるんです。でも、あいつの馬のほうが速いみたいで。それに逃げ出したのも2時間は前の話でしょうし」。アンドレアスはなにも言わなかった。自分の馬が盗まれたのだ。それから、馬の鞍に縫いつけておいた半分以上の旅費も盗まれたのだ。しかしそんなものは、彼が味わっている恥辱と比べれば大したことではなかった。いったいどんな顔をして、この家の人たちの前に出ることができるのか。自分は、身の毛もよだつような災いをこの家に持ち込んでしまったのだ。「従者は主人に似る」という諺を思い出した。そしてすぐその逆がひらめいた。「主人は従者に似る」。アンドレアスは、血を浴びたみたいに真っ赤な顔をして、正直者の下男の前に立っていた。——「こいつも、うちから盗まれた馬なんですよ」と言って、下男は鹿毛を指さした。「旦那様はすぐに気づかれたのですが、さしあたり客人には黙っておくつもりだったんです」アンドレアスはなにも言わず、階段を上っていった。いくらお金が残っているのか、数えもせずに、盗まれた財産の補償としてフィナッツァー家に必要だと思えた額を、手に取った。あの鹿毛のような駄馬が農家ではどれくらいの値段になるのか、手がかりがなかったので、ともかく、フィラッハであの鹿毛を買った金額をポケットに突っ込んだ。それからしばらく自分の部屋のテーブルの前で、ぼんやり考えにふけった。そしてようやく、この件を片づけるために1階へ下りていった。

主人と話ができるようになるまで、しばらく待たなければならなかった。というのも、3人の下男がちょうど馬で戻ってきたばかりで、探り出してきたことや、出会った羊飼いや旅行者から聞いたことを、報告しているところだったのだ。しかしあの悪党を捕まえられそうな見込みは、ほとんどなかった。主人は友好的で余裕があった。だから余計にアンドレアスはどぎまぎした。――「あの馬をご自分のものになさりたいので?」と言われた。「で、私から改めて買い取るおつもりで? しかし私もよく承知していますが、あの馬の代金はちゃんと払われたわけですよね」――アンドレアスは、そんなつもりはないと言った。――「でないなら、どうして私があなたから、お金を受け取ることになるのでしょう?」と言われた。「あなたは、盗まれた私の財産をうちの屋敷に戻してくださった。それどころかですよ、タチの悪い厩番の女の存在を教えてもくださった。おかげであの女を、家から追放して裁判にかけることができるのです。あの女がひどいことをしでかす前に。あなたはお若くて、世間をご存知じゃない。だから明らかに神様が手をさしのべて、あなたを守ってくださった。あの下女が白状したんですがね、抱き合ったとき、悪党の肩につけられた烙印を見てしまったという。その視線を感じて、悪党は一瞬、真っ青になったのだが、もしもその視線に気づいてなかったら、あんな獣みたいにひどいことはしなかっただろう、と言うんですよ。あなたは創造主に感謝するべきです。あの人殺しの脱獄囚と森でひと晩いっしょに過ごさないですむよう、あなたを守ってくださったわけですから。昨日おっしゃったように、これからイタリアまでいらっしゃるのなら、今晩、ここを御者が通るので、フィラッハまで乗せてもらえますよ。フィラッハからなら、ヴェネツィア方面に行く便があります。1日おきにですが」

次の日の夕方にならないと、御者は来ない。というわけで、アンドレアスはあと2日、フィナッツァー家の屋敷で過ごすことになった。――こんなことがあったのに、まだフィナッツァー家の世話になるしかないのは、きまりが悪かった。囚人のような気分だった。屋敷内を忍ぶようにして歩いて回った。みんなは仕事が忙しく、彼には見向きもしなかった。窓から見ていると、遠くで主人が馬にまたがって出かけようとしている。奥様の姿は見えなかった。アンドレアスは屋敷を出て、裏手の草地を上っていった。雲は動かず、谷に垂れ込め、なにもかもが憂鬱で重苦しく、この世の終わりのように荒涼としている。どこに行ったものか、わからず、そこに積み上げられている角材の上に腰を下ろした。天気がよかったら、と考えようとしたが、この谷はこんなふうにしか見えないのではないか、という気がした。でも昨日はここで、とても幸せだった。そう言って、ロマーナの顔を思い浮かべようとしたが、できなかったので、あきらめた。そういう馬鹿な目に遭うのは、お前だけだ、と言う父の声が聞こえた。とても鋭くはっきりした声だったので、心の中ではなく、外から聞こえてきたのかと思った。立ち上がって2、3歩、とぼとぼ歩いた。父の声がもう一度、同じことを言った。彼は立ち止まった。反論しようと思った。どうして自分でもそう思うのか。くよくよ考えながら、気の進まない足でゆっくり小道を上っていった。その小道が怖かった。昨日もその小道を歩いたからだ。だがロマーナのことは考えなかった。ひたすら昨日のことが、耐えがたいほど鋭く感じられた。昨日の午後のことが、それにつづいて昨日の夕方のことが、昨日の夜のことが、今日の朝のことが。「あんな馬鹿な目に遭うしかなかったのだ、と、どうして自分でもわかっているんだろう」と、くよくよ考えた。山腹の森に霧が立ち込めている。アンドレアスはときどき霧を見上げた。囚人が自分の牢獄の壁を見るように。

くよくよ考えて暗い気持ちになりながら、ウィーンからフィラッハまでの旅の4日間の経費を計算した。今の彼にはものすごく大きな支出に思えた。それから2頭目の馬の代金と盗まれた金額も計算した。それから残額を、オーストリアの通貨からヴェネツィアの通貨に換算した。ツェキーノでも十分に貧しいと思ったが、ダブロン金貨ではまさに乞食同然だったので、思わずたじろいで立ち止まってしまい、戻るべきか行くべきか、思案した。今の気分に流されて、このまま戻れば、両親が許してくれないだろう。あんなに大金を使ったのに、全部、ドブに捨てたようなものだ。両親にとって大事なのは、彼のことや彼が喜ぶことではなく、世間体や体面なのだ、という気がした。知人や親戚の顔が浮かんだ。陰険な顔や高慢な顔があった。無関心な顔や優しい顔もあった。だがアンドレアスがその前で安心して心を開くことのできるような顔は、ひとつもなかった。

祖父のフェルシェンゲルダーのことを思い出した。アンドレアスと同じ名前だった。その昔、父の家を出てドナウ川を下り、ウィーンにむかって行進した。ハンカチにくるんだ6クロイツァー銀貨1枚しか持っていなかったが、皇帝のお抱え従僕となり、貴族の称号まで手に入れた。美男だった。「孫のアンドレアスは、おじい様のアンドレアスからからだつきは受け継いでいるけれど、立ち居振る舞いは、とうてい及ばないね」と言われてきた。悪口も思い出した。「おじい様は一族の誇りだけど、あなたはほとんど似てないわ。そのかわり、おじ様のレオポルトがあなたの骨がらみになっている。あの人はね、子どもの頃から動物に残酷で、大人になっても粗暴で不幸な人間なの」。実際、叔父のレオポルトは、財産を食いつぶし、一族の名誉を守ることができず、彼にかかわった誰に対しても心配と迷惑しかもたらさなかった。

ずんぐりした叔父レオポルトの姿が目に浮かんだ。赤ら顔で、くるくるとまんまるの目を思い出した。叔父は棺台に安置されていた。木に描かれたフェルシェンゲルダーの紋章が、棺台の足もとに立てかけられている。一方のドアを従僕がさっと開くと、子どものいない正妻が入ってきた。旧姓はデラ・スピーナ。ハンカチを美しい上品な両手でにぎりしめている。半開きの、もう一方のドアを押して、妾が入ってきた。

丸顔でかわいらしい二重顎の百姓女で、その後ろでは6人の子どもが手をつないで並び、おずおずと母親の脇から、亡くなった自分たちのお父様をながめていた。——そして、暗く憂鬱な気持ちになっている人間はたいていそうだが、アンドレアスも、記憶のなかで死者をうらやんでいた。

山道を下りながら、フェルシェンゲルダー家の財産がどれくらい減ったのか、ふたたび計算をはじめた。現在の年間収入の何割をアンドレアスの旅が食いつぶしているのか、もう一度計算した。そして心気症《ヒポコンデリー》の患者のように、くよくよ考えた。昼食には彼の席も用意されていた。だが、今日の上座には白髪で年寄りの女中がすわり、食事の分配をしている。主人だけでなく、奥様もロマーナもいない。こうなることはずっと前からわかっていたし、ロマーナとはもう会えないだろうと感じた。アンドレアスは黙って食べた。下男や下女たちはおしゃべりしていたが、昨夜の出来事については誰もひとことも触れなかった。ただひとつだけ話題になったのは、主人が裁判官に面会するために、馬でフィラッハに出かけたということだけだった。年寄りの下男が、席を立ちながら、テーブル越しにアンドレアスに言った。「旦那様からの伝言ですが、御者がここを通過するのが、明日になってしまう可能性もあります。その場合、アンドレアス様にはそれまで我慢してください、とのことです」

　陰鬱で静かな午後だった。ほんのかすかにでも風がそよいでくれたなら、慰めになっていたかもしれない。霧が塊になって大小の雲になり、雲はずっと永遠に動かず、垂れこめていた。アンドレアスはふたたび小道を上って、村にむかって歩いた。小道を下ると思うと、吐き気がした。フィナッツァー家の屋敷を見ながら、山を下りて帰るなど、耐えられなかった。谷の反対側の道は、知らなかった。農家の犬とか、ほかの動物でもいい、お供がいればよかったのだが。そういうものに恵まれたことはなかったな、と思った。どんなことを思っても、苦しむだけだった。12歳の少年の自分が目に浮かんだ。子犬に追いかけられていた。どこへ行ってもついてくる。はじめて会ったばかりなのに、アンドレアスにちらっと見られただけで、喜んで幸せそうな仕草をすることはできなかった。アンドレアスのことを主人だと思っている。その従順さが理解できなかった。主人が怒っていると思うと、あおむけに寝転がって、小さな脚をぴくぴくと腹に寄せて、「お好きなように」と降参のポーズをして、なんとも言えない目つきで下から見上げるのだ。ある日、アンドレアスはその子犬が、同じポーズを大きな犬の前でしているのを見た。そのポーズは、主人の怒りをなだめ、主人に気に入られようとして、アンドレアスに対してだけ見せるものだと思っていた。猛烈に腹が立ってきた。小犬を呼んだ。小犬は10歩ほど近づいただけで、怒っている主人の顔に気がついた。びくびくした視線でアンドレアスの顔をじっと見ながら、腹ばいになってこちらにやってきた。「誰にでも尻尾をふる、卑しい奴め」と、アンドレアスが罵った。罵られても、小犬はどんどん近づいてきた。アンドレアスは、足を上げたような気がした。そして上から靴の踵で背骨を踏んづけた。小犬は、キャンと小さな悲鳴をあげて、がくんとくずおれた。それなのにアンドレアスに尻尾をふっていた。アンドレアスはくるりと背を向けて、その場を去った。小犬が後ろから腹ばいになって追ってきた。仙骨が砕けていた。それなのに主人を追って、一歩ごとにがくんとくずおれながら、ヘビのように身をよじって進んだ。ようやくアンドレアスが立ち止まると、小犬は彼をじっと見上げ、尻尾をふりながらこと切れた。アンドレアスは、自分が殺してしまったのか、どうか、はっきりわからなかった。――だが、自分のせいであることは確かだ。こうして彼は無限なものに心を揺さぶられている。その記憶は拷問のようだ。それにもかかわらず郷愁に襲われた。あんなことをしてしまった12歳の少年アンドレアスに戻りたいのだ。ここにあるものでなければ、どんなものでも好ましいと思えた。

この今でさえなければ、どんな時でも生きるに値すると思えた。下の街道をカプチン修道会の僧侶が歩いている。とある十字架のところで僧侶がひざまずいた。なんの悩みもないその心にとって、きっと気持ちがいいにちがいない。アンドレアスはそう思いながら、僧侶の姿の中に逃げ込んだのだが、その姿は道の曲がり角で消えた。そしてアンドレアスは、またひとりになった。

谷間は耐えがたかった。森にむかってよじ登った。木の幹に囲まれていると気分が楽になった。湿った小枝に顔を打たれながら、跳ぶように進んだ。足もとでは、朽ちた大枝がバキバキと音を立てて折れた。跳ぶときには毎回、がっしりした幹の後ろに隠れるように跳んだ。モミの木のあいだには美しくて古い落葉樹や、ブナや、カエデがあり、1本また1本と陰に隠れるようにして、跳びながら進んだ。——ようやく彼は、牢獄から脱出するように、自分自身から跳んで逃げた。跳びながら猛然と前進した。自分については、この瞬間のことしか気にしなかった。あるときは、自分を叔父のレオポルトだと思った。牧神《パーン》のように森で跳んで、百姓娘の尻を追いかけていた。またあるときは、犯罪人や人殺しだと思った。ゴットヘルフのように、猛然と追っ手に追われているのだ。しかしアンドレアスは、自分を救う方法を知っていた。——皇后陛下の足もとにひれ伏しさえすればいいのだ。

突然、彼は感じた。実際に誰かが近くにいて、こちらを観察している。せっかくの夢想も台無しだ！　彼はハシバミの藪の陰にうずくまり、動物のようにじっと動かないでいた。ここから50歩ほど離れた森の小さな空き地で、男が森の中をうかがっている。しばらくのあいだなにも聞こえなかったので、男は仕事をつづけた。穴を掘っている。アンドレアスはその男をめがけて、木から木へ跳んでいった。小枝がパキッと音を立てて折れるたびに、その男は手を止めて顔を上げたが、アンドレアスはとうとう男のすぐそばまでやってきた。フィナッツァー家の下男のひとりだった。男は番犬を穴に埋めてやると、ふたたび土を墓穴に投げ込んで、シャベルで平らにしてから、立ち去った。

アンドレアスは墓の上にからだを投げ出し、横たわったまま長いあいだ、重苦しい考えにふけった。「ここなんだ！」と、ひとり言を言った。「ここなんだ！　いっぱい走り回ったけれど、無駄だった。結局、自分からは逃げられないんだ。あるときはあっちに連れていかれ、またあるときはそっちに引っ張っていかれ、そうやってこんなに長い道を歩かされたけれど、その道も最後はどこかで終わるんだ。そう、まさにここで！」――アンドレアスと死んだ番犬のあいだには、なにかがあった。ただ彼には、それがなんなのかわからなかった。同じくアンドレアスと、番犬の死を招いたゴットヘルフのあいだにも、なにかがあった。――また一方では、番犬とあの小犬のあいだにも、なにかがあった。これらすべてのことが行ったり来たりして、ひとつの世界が紡ぎ出されたのだ。その世界は、現実の世界の背後にあるが、現実の世界のように空っぽでもなければ、荒涼ともしていない。――それから彼は、自分のことを考えて非常に驚いた。「ぼくはどこから来たんだろう？」――そして、こんな気がした。「ここに横たわっているのは、別の誰かだ。その誰かの中にぼくは入らなきゃならないのに、鍵の言葉をなくしちゃったんだ」

突然、日が暮れはじめていた。空に赤い夕陽が射すこともなく、昼から夜への交替を告げる美しい合図もなく。垂れ込めていた雲が、荒涼とした黒っぽい闇になった。そして霧の立ち込める空から、墓の上で横たわっているアンドレアスの上に、雨が静かに降りはじめた。寒い。彼は立ち上がり、森を下りていった。

その日の夜の夢では太陽が輝いていた。アンドレアスは、深い森の中を奥へ奥へと入っていき、ロマーナを見つけた。森は奥へ進めば進むほど明るく輝いた。森の奥の奥にある中心では、なにもかもがこのうえなく暗く、そしてまた、このうえなく明るく輝いていたが、そこでロマーナは草の小島にすわっていた。草の小島のまわりを囲むようにして、チョロチョロ流れている水も輝いていた。ロマーナは草を刈っているあいだに眠ってしまったのか、鎌と熊手がそばに転がっている。彼が水を越えてやってくると、彼女は目を覚まして彼をじっと見たが、よそよそしかった。彼が呼びかけた。「ロマーナ、ぼくのこと見える?」——と聞いたくらい、彼女の視線はうつろだった。「ええ、もちろん」と答えたが、変な視線だった。「あのね、わたし、あの犬がどこに埋められたのか、わからないの」——アンドレアスは奇妙な気持ちになった。それを聞いて笑ってしまった。冗談だと思ったのだ。彼女は彼のことを怖がって後じさりした。足を踏みちがえて、積み上げている干し草に突っ込み、傷ついた鹿のように地面に倒れそうになった。彼はすぐそばにいたので、彼女が彼のことを悪党のゴットヘルフだと思っているのだな、いや、ゴットヘルフじゃないと思い直しているのだな、と感じた。じつは彼にも、自分が誰なのか、あまり自信がなかった。ロマーナはアンドレアスに懇願した。「お願い、わたしを裸にして、みんなの前でベッドに縛りつけたりしないで。盗んだ馬で逃げ出したりしないで」。彼は彼女を抱いて、優しく名前を呼んだ。彼女はひどくおびえていた。彼が手を離すと、ひざをついてにじり寄ってきた。「お願い、もう一度」と叫んで、懇願した。「いっしょに行くわ。絞首台の下にだって。お父様はわたしを閉じ込めようとする。お母様はわたしを離さない。死んだきょうだいは、わたしにしがみつこうとする。それでもわたしは行くわ。みんなを置いて、あなたのところへ」。彼が彼女のところへ行こうとすると、彼女の姿は消えていた。

絶望して彼は森の中へとび込んだ。すると彼女が彼にむかって歩いてきた。美しい2本のカエデの木にはさまれて、なにごともなかったかのように、うれしそうに、友達のように。目には不思議な輝きがあり、素足がコケの上で白く光り、スカートの裾《すそ》が濡れていた。「どうして君は、そんなに美しいんだ」と、彼は非常に驚いて叫んだ。――「ええ、こんなに」と言って、彼女は口を差し出した。彼が抱きしめようとすると、「駄目よ、そんなの」と叫んで、熊手で彼をなぐった。熊手が額に命中し、窓ガラスに当たったように鋭く高い音がした。――彼は、飛び起きて、目を覚ました。

夢を見ていたのだ、とわかっていた。だが夢の中の真実が、彼を血管の末端にいたるまで幸せで満たした。ロマーナの実体がまるごと彼に、現実を超えた生をもって告知されたのだ。重苦しいものがすべて吹き飛ばされた。心の中でも外界でも、彼がロマーナを失うことはありえなかった。彼女が彼のために生きているということを、彼は知っていた。知っているだけでなく、信じてもいた。至福にあずかった者のように戻ってきて、彼はこの世に足を踏み入れた。彼女が下の庭にいて、石を窓ガラスに投げて、彼を起こしたような気がした。窓辺へ走ると、窓ガラスにひびが入っており、窓枠のところで鳥が死んでいた。鳥を手にのせ、ゆっくり後退して、彼の枕の上に寝かせてやった。死体がアンドレアスの脈動を大きな喜びで満たした。胸にぎゅっと抱きしめてやっておけば、この鳥に命をよみがえらせてやれたかもしれない、という気がした。ベッドにすわったまま、おびただしい数の思いに流されていた。幸せだった。アンドレアスのからだは、ロマーナの実体が住んでいる寺院だった。そして流れる時間が彼のまわりにひたひたと押し寄せ、波が寺院の階段に寄せては砕けていた。——

　夜が明けようとしていたとき、屋敷はまだひっそりとしており、雨が降っていた。彼が夢見心地から覚めたときには、すっかり明るくなって、雨も上がっていた。屋敷ではみんなが忙しそうにしていた。彼は1階に下りていって、パンを1個もらい、泉水で水を飲んだ。屋敷の中をぶらぶら歩いたが、誰も彼のことを気に留めなかった。

どこを歩いていても、どこで立ち止まっていても、気持ちがよかった。彼の心には中心があったのだ。みんなといっしょに食事をした。主人はまだ戻っておらず、奥様とロマーナのことには誰も触れなかった。午後、御者がやってきた。喜んでアンドレアスを乗せてくれることになったが、用事の都合で出発が日暮れ前になってしまうので、今夜は、谷を下りた隣村で泊まることになるだろう、ということだった。

涼しい風が谷まで吹き寄せ、大きな美しい雲が空を斜めに横切り、向こうに見える土地のあたりは明るく晴れていた。下男がサドルバッグとリュックサックを下の車まで運んでくれた。アンドレアスはその後につづいた。が、階段を下りたところで引き返した。「ほら、ロマーナがお前のいなくなった2階の部屋で待ってるぞ」という声が聞こえたのだ。部屋のドア敷居をまたいだが、彼女はいなかった。彼にはそれがほとんど理解できなかった。しっくいを塗った壁に隠れてしまったのかと思って、部屋の隅々まで見た。うなだれて、ふたたび1階に下りた。下りてそのまま、ぐずぐずためらいながら立ったまま、聞き耳を立てた。表では下男たちがしゃべりながら、御者が馬をつなぐのを手伝っている。アンドレアスは胸が締めつけられる思いがした。望みもしないのに足がアンドレアスを厩舎まで運んでいった。あの鹿毛が立っていて、耳を後ろに伏せ、あわれな顔でエサを食べていた。2、3頭の馬がそれぞれ自分の仕切りの中で、入ってきた人間のほうを見た。アンドレアスは薄暗い厩舎で、どれくらいの時間かわからないが、じっと立ったまま、鳥のさえずる声を聞いていた。――そのとき小さな格子窓を通して、金色の光線が斜めに射し込んで、厩舎のドアのところまで届いて、そのままじっと動かなかった。ツバメが輝きながら屋内をすべるように飛んだのだ。そしてツバメの後ろにロマーナの口があった。その口は、泣くのをこらえてピクピクふるえながら、濡れて、開いている。ロマーナが今、生身《なまみ》で彼の前に立っている。アンドレアスには、ほとんど理解できなかった。だが、やはり理解した。理解しすぎて、彼の手足が麻痺した。彼女は、まるでベッドから飛び出してきたかのように、素足で、編んだ髪を垂らしたまま、彼のところへ駆けてきたのだ。彼はたずねることができなかった。たずねようとも思わなかった。彼女は近寄りもせず、避けもしなかった。ただ両腕だけが、彼女を歓迎するように、おずおずと持ち上げられた。彼女は近寄りもせず、避けもしなかった。彼女は、彼の中にいるかのように彼の近くにいたが、同時にまた、彼をまったく見ていないかのようでもあった。いずれにしても彼のことをじっと見ることはなかった。彼のほうも、彼女に近づこうとはしなかった。彼女の口から言葉がこぼれそうだった。

目から涙があふれそうだった。彼女は、細い銀のネックレスをずっと引きちぎろうとしていた。まるで自分で自分を絞め殺そうとでもするかのように。そのときには彼からすっかり心が離れていた。まるでそれは、痛みが彼女とゲームをしているかのようで、そのとき彼女は、アンドレアスがそばにいることをまったく感じていなかった。ようやくネックレスが引きちぎられ、半分が下着のすき間にすべり落ち、あとの半分が彼女の手に残った。手に残った半分を、彼女は上からアンドレアスの手の甲に押しつけた。彼女の口は、今にも叫び出しそうだが、そういうわけにはいかないというふうに、ピクピクふるえていた。彼女は彼にもたれかかり、濡れてピクピクふるえている彼女の口が、彼の口にキスをした。——そのとたん、彼女がいなくなった。

銀のネックレスの半分が、アンドレアスの手からすべり落ちた。彼はそれを藁の中から拾い上げた。——後を追うべきだったのか、彼にはわからなかった。すべてがこの世の中で起きた。と同時に彼の心の中で起きたのだ。これまで彼は、未知のものに出会ったとき、一度もそんなふうに二分されたことはなかったのだが。——そのとき、聞こえてきた。表でみんなが彼を探している。誰かが誰かに言われて、彼を呼びに2階まで上がってきた。さあ、すべて決着をつけるしかない。電光石火のスピードで考えた。今になって全部ひっくり返し、「いや、行きません」と言って、荷物を車から下ろさせ、「考えが変わったので」と下男たちに告げる？　そんなこと、どうやってできるというのだ？　どんな顔して、フィナッツァー家の主人の前に出ることができるのか？　奥様の前にすら出られないのでは？　どんなふうに言う？　どんな理由をつけて？　厚かましくもこんな行動をしたうえに、急に事情が変わったなんて言ったら、ぼくは誰かと同じになってしまうのでは？

アンドレアスはすでに荷馬車に乗っていた。馬が車を引いて走りはじめた。どうしてこうなったのか、彼にはわからなかった。時は過ぎていくものだ。ぼくは、ここに留まるわけにはいかない。でもまたやってくることはできると考えた。それも、すぐに。同じアンドレアスではあるが、生まれ変わった人間として。彼はあのネックレスを指にはさんで、感触を確かめた。すべては現実であって夢ではないのだ、とネックレスが保証してくれた。

荷馬車は山道を転がるように下りていった。目の前に太陽が輝き、広い土地を照らしていた。アンドレアスの後ろには狭い谷があり、谷間にぽつんと農家があった。谷には影がすっぽり落ちていた。アンドレアスは前を見た。だがその視線はうつろで、遠くを見ていなかった。心の目は全力で後ろを見ていた。御者の声が彼を現実に連れ戻した。御者が鞭で指しめした夕方の上空で、ワシが輪を描いていた。このときようやくアンドレアスは、目の前の景色に気がついた。街道は蛇行して谷間を抜け、急に左に向かった。すると巨大な谷が開けていた。はるか下で川が蛇行している。もう小川ではない。その先の、向こうのほうの対岸の山並みの、もっとも巨大な山塊の後ろでは、もっと高い空にいた太陽が沈んでいった。ものすごい影が、川の流れる谷に落ちた。森という森が黒ずんだ青になり、ギザギザの山の裾《すそ》で凝固している。暗くなった滝が峡谷で勢いよく落ちている。目を上げていくと、すべてが自由で、削ぎ落とされ、大胆に上昇している。急な山腹、岩壁。雪の積もった一番上の山頂は、言葉にならないほどまぶしくて純粋だ。

アンドレアスは、自然の中でこんな気持ちになったことがなかった。この力、こんなふうに勢いよく上昇すること、山頂のこのような純粋さ。一撃でこれらが彼自身の中から湧き上がってきたかのようだ。そのみごとなワシは、高い空でただ1羽、光を浴びてただよっていた。翼を広げて、ゆっくり輪を描いている。高い空でただよいながら、すべてを見ていた。フィナッツァー家の屋敷がある谷間も見下ろしていた。その屋敷も、その村も、ロマーナのきょうだいの墓も、鋭いワシの視線には、青みがかった影の中に若い鹿や迷子のヤギを求めて見下ろすこちらの山峡と同様、近くに見えていた。アンドレアスは、このワシを抱きしめた。そう、至福の感情を翼にしてワシのところへ舞い上がったのだ。今回は、この鳥の中に無理やり入り込ませてもらったのではない。ただ、この鳥の至高の力と能力が、たしかに彼の魂の中に流れ込むのを感じただけだった。暗くなることも、つっかえることも一切なかった。彼は予感した。十分な高さからの視線が、切り離されたすべての人をひとつにするのだ。孤独は錯覚にすぎない。どこにいても、ロマーナは彼のものだった。――どこでも望むところで、彼はロマーナを自分の中に存在させることができた。彼の前でそびえ、空を支える柱となっている、あの山は、アンドレアスにとっては兄だった。そして兄以上のものだった。あの山は、か弱いあの鹿を、広々とした空間で育み、涼しい影でおおい、青みがかった闇で追跡者から守っている。それと同じように、アンドレアスの中にはロマーナが生きていた。彼女は生きている存在であり、中心である。そして彼女のまわりは楽園だ。その楽園は、あの谷の向こうでそびえているあの山が非現実の山でないのと同じように、非現実の楽園ではない。彼は自分の中をのぞき込んだ。すると、ロマーナがひざまずいて祈っているのが見えた。か弱い足を組んで休息する鹿のように、彼女もひざを曲げていた。その様子を彼は言葉にできなかった。堂々めぐりの輪が解けた。彼は彼女といっしょに祈った。目を上げて、気がついた。その山は、彼の祈りにほかならないのだ。突然、彼は言葉にできない安心と信頼に包まれた。人生で一番幸せな瞬間だった。

家の人がいる部屋に下りていくと、娘のズスティーナが年配の小柄な男としきりに話をしていた。その男の顔は、ほぼ月形に曲がった鼻のせいで、ふてぶてしくて奇妙な表情に見えた。なにかを木綿のハンカチにくるんで持っていたので、部屋が魚のにおいで臭かった。娘の声が聞こえた。「駄目。そんなわけにはいかないわ。あんな人たちの言いなりになるなんて」。「今日でないんなら、お母さんに話してあげられるんだけど。だから今日のところは出直して。それからね、壁紙張り職人のとこ行くの、忘れないで。あたしが言ったように、一点一点、詰めて交渉するのよ。壁紙張り職人って、したたかだし、良心的じゃないから。でも、あなたみたいに、はっきりものが言える人なら、誰が相手でも大丈夫だわ。くじ引きは、聖母マリア御降誕のちょうど1週間後。だからその前の日の夕方には、祭壇が届いてないと困るわけ。ちょっとでも不備があると、ドゥカート金貨の半分は差し引くわよ。御聖体祝日の祭壇とそっくり同じにしてもらいたいの。手前はね、花飾りのついた優美なひだのあるカーテン《ドラペリー》にして、真ん中に、くじ引き用の壺を置くの。壺の両側は、切りたての花で飾って。こういう祭壇みたいなものは、別々に計算しちゃ駄目。家に届けてもらってちょうだい。並べるのとか、飾りつけは、ゾルジに手伝ってもらわなきゃ。さ、行って。うまくやってきてちょうだい。あなたにお礼を言わなくちゃならないほどにね。あなたのつけた支出簿、置いてって。目を通させてもらうから」

　アンドレアスが入っていくと、年配の男は部屋を出ていった。「あら、お客さん」と、ズスティーナが言った。「お荷物、もう下に運ばれてます。ゾルジが人を呼んで、お部屋まで運ばせますから。それからね、お客さんをすてきなカフェに連れてって、お客さんさえよければ、うちの姉のところまで案内させます。お客さんと知り合いになれたら、姉も喜ぶと思うわ。――あ、こういうこと、ゾルジは慣れてるの」と、つけ加えた。「それはそうと、すぐにゾルジを信頼する必要なんて、絶対にありませんからね。ちなみに、それはお客さんの問題だから。世間にはいろんな人がいるものよ。

誰だって自分の流儀で、勝手を知っていくしかないわけだから。あるがままに世間を見るってことよね」。彼女はかまどのところへ行き、天火をのぞいて、焼肉になにかを注ぎかけた。母親と弟のものらしい衣類が2、3点、大きなタンスの中に姿を消した。彼女は猫をまな板から追い払い、窓に吊るしている籠の鳥の世話をした。「あと1つ、教えておきたいことがあるの」と、彼女は言葉をつづけて、一瞬、アンドレアスの前で立ち止まった。「まとまったお金をね、手もとに持ってらっしゃるのか、銀行の手形で持ってらっしゃるのか、あたしにはわかりませんけれど、もしも現金で持ってらっしゃるのなら、仕事のお友達でも誰でもいいから、この町のお知り合いに預けておいてください。信用できない人間がこの家にいるわけじゃないけれど、あたしは責任とれませんから。いっぱいやることがあるの。家のこと、きちんとしなきゃならないし、2人の弟に教えてやらなきゃならないし、父の世話しなきゃならないし。だって母は、たいてい外で忙しくしてるので。それに、おわかりと思うけれど、くじ引きのことも考えて準備しなきゃならないし。みんなすぐ気を悪くしちゃうので……。――ごめんなさいね、くじ引きやってもらえなくて。お客さんはうちのお客さんだけど、この町の人じゃないでしょ。その点について、うちの後援者たち、ものすごくうるさいの。くじは2等賞でもなかなかのものなのよ。エナメルをかけた金の小箱。宝石屋が届けてきたら、すぐ見せますね」

話しているあいだ彼女は立ったまま、小さな支出簿の検算をしていた。計算に使っていたチビの鉛筆は、ヘアピースの巻き毛のどこかに差し込んでいたものだ。舞踏会に出かけるときのように、ヘアピースで髪を高くしていた。スリッパは毛織り物で、スカートは銀のレースのついた琥珀織《タフタ》りだが、上半身は格子縞のハウスジャケットで、彼女には大きすぎた。そのため丸見えだった首筋は、魅力的で、ほっそりしていたが、すっかり大人びている。ぶつぶつ小声で計算しながらだったので、話は途切れ途切れになったが、目は、あるときはアンドレアスに、あるときはかまどに、あるときは猫に注がれた。突然、なにかを思いつき、窓のところへ駆け寄って、大きく身を乗り出し、かん高い声で下にむかって叫んだ。「ガスパロ伯爵！　ガスパロ伯爵！　聞いてちょうだい！　まだ話が残ってるんだから」

「ここにいるよ」と言って、鉤鼻の旦那が魚を持って、不意にドアから入ってきた。「なんで窓から怒鳴ってるのかね？——ここにいるのに」。そう言ってから、アンドレアスに顔を向けた。「たった今、立派な若い外国のお方だ、と下で聞いたばかりです。

そういうお方を客人としてお迎えすることができて光栄です。つましいわが家ですが、気持ちよくお過ごしいただければ、と願っております。お部屋は、うちの娘ニーナの部屋でして。まだニーナをご存知ないので、おわかりにならないでしょうが、ニーナの部屋をご用意したのはですね、われわれがあなたをどんなに尊敬し、信頼しているのか、ということの証拠なんですよ。ニーナのような娘が住んでいた部屋は、聖人の衣のようなもので、さまざまな力が宿っております。この町でどんな体験をされようとも――そう、こちらにお越しになったのは、体験や経験を積むためですよね、――あの部屋の壁に囲まれると、気持ちの安らぎと魂のバランスが取り戻されることでしょう。だいたい、うちの家ではどの部屋の空気にも、なんと申しましょうか、抗いがたい徳がそなわっているわけで。その徳を犠牲にするよりは、むしろ死を。それが、わが子に伝える鉄則だった。ところが、あなた、この私はですな」。彼の手がアンドレアスのからだに触った。その手は白くて、非常にきれいな形をしていたが、男の手にしては小さすぎて、感じがよくなかった。「娘にその信念を植えつけてやることもできず、その信念を持ったからといって報いてやることもできませんでした。私は挫折した人間です。嵐に巻き込まれて、わが一族の高みから転落しちゃったわけでして」。彼は後ろへ下がり、まねのできない仕草で手を下ろした。腰をかがめてお辞儀をして、部屋から出ていった。

ズスティーナの顔は、伯爵のすばらしい話に感激して輝いていた。実際、わずかな文章の披露の仕方は、作法と陰影に富んだ名人芸だった。品位と人間味がまざり合い、厳粛さと経験が信頼によって和らげられていた。年上の者が年下の者に、家の主人が客人に、人生の試練を経た老人が若者に、ヴェネツィアの貴族が貴族に、語りかけていたのだ。——そういうものがすべて、伯爵の話には備わっていた。「どう思います、今の父の話し方?」と、ズスティーナがたずねた。子どものように素直に父親の話を楽しんでしまったために、用があって父を呼び戻したということを忘れてしまったらしい。「どんな場合にでもね」と、目を輝かせて叫んだ。「その場にふさわしい言葉が出てくるの。父は、不幸な目にいっぱい遭ったし、敵もいっぱいいたけれど、そのすばらしい才能は誰も否定できないわ」。それまでは水銀のように落ち着きがなく、おまけにドライだったが、今はじめて彼女は、心の底から生きいきしていた。目をキラキラさせ、口を、なんと言えばいいのか、子どものように夢中に動かしていた。どこかリスを思わせるところがあった。けれども、きっぱりしていて、素直な、若女将だった。

「さて、これで父とも知り合いになっていただけたわけね。1時間もしないうちに、姉とも知り合いになってもらえるわ。それから何人か、姉の男友達とも。その中で一番身分が高いのは、スペイン公使のカンポサグラード大公。とっても偉い方だから、スペインの王様と話をするときでも、帽子をかぶったままなのよ。会っても、驚かないで。野獣みたいな人なんだから。でも、とっても偉い人。それから、姉の男友達の中にはね、あたしもいいなって思う人がいるの。——あら、あたしのことなんか、どうでもいいわね。オーストリアの中隊長で、スロヴェニア人なの。オーストリアの中隊長の特権で、ハンガリー産とシュタイアーマルクト産の牛をトリエステ経由で輸入する優先権をもってるの。すばらしい商売でしょ。おまけに美男子で、ニーナにぞっこん。ちょっと考えてみて。テーブルから立つときは、かならずニーナに乾杯するんだから。それからね、そのときには毎回、そのグラスを窓から水路に投げ込むか、壁に投げつけるのよ。もしもそれが特別な日なんかだったら、テーブルのグラスを全部、同じやり方で割っちゃうわけ。すべてはニーナに敬意を表してのこと。もちろん後でグラスの弁償はするんだけど。野獣みたいでしょ?——でもね、あの人の国じゃ、そうするのが一番礼儀にかなったことなんですって。それからあの人、賭け事が大好きなの。——でも、あなたも直接、知り合いになるわけだし、ほかの人と同じような暮らしをするんでしょうね。でもね、もしもよ、あの人があたしの夫なら、賭け事はきっと止めさせるでしょうね。あとひとつ」と、彼女は言葉をつづけながら、大事なことでも話すようなまじめな顔になって、アンドレアスの顔をじっと見た。魅力的な表情だった。「もしも、もめごとがあったら、誤解でも、口論でも、争いでも、自分の意思を通すことね。泣き落としにかかっちゃ駄目。男の涙にも、女の涙にもだまされちゃ駄目。そんなの、くだらない弱虫がやることよ。でもニーナの涙は別。ニーナの涙は本物で、金《きん》みたいなの。ニーナが泣くときは、小さな子どもみたい。心がある人なら、ニーナの願いは断れないわ。あたしより十倍、美しい心をもっているんだから。でもニーナは21歳で、あたしはまだ16にもなってないけど。あら、興味のない話、しちゃったわ」と言って、窓のところの小鳥の世話をしながら、いたずらっぽい視線で、つけ加えた。「あたしの話なんか聞かせちゃって。——そんなことのためにヴェネツィアにいらっしゃったわけじゃないですよね。下に行ってください。ゾルジが待ってますから」

アンドレアスがもう階段を下りかけたとき、ズスティーナが後を追ってきた。「もうひとつ——ちょっと気になっただけなんだけど。とても気立てのいい方のように見えるので。気立てのいい方には、最初の一歩で注意が必要なのよ。誰かにね、手形を引き受けてくれと言われても、絶対に引き受けちゃ駄目。たとえ担保として、支払期限が早い別の手形を差し出されてもよ。——いいですか、絶対に駄目だから」。一瞬、彼女はアンドレアスの腕にそっと手をかけた。——それは、さっき彼女の父親がやったのとまったく同じ仕草だった。「2人が同じことをすると、もう同じことではない」という諺は、なんと正しいのだろう。とても魅力的な、小さな手だった。母親のような、女性らしい仕草にアンドレアスはうっとりした。——彼女はもう部屋に戻っていた。アンドレアスが階段を下りていると、彼女が向かい側の窓からゾルジを呼んでいるのが聞こえた。

「かわいらしい若女将でしょう」と、下にいたゾルジが、アンドレアスの心を見通したかのように言った。——「しかし、くじ引きって、どういうことなんです？」と、アンドレアスが何歩か歩いてからたずねた。「誰が賞を出すんです？　どういう関係がこちらのご一家とあるんです？　まるで、こちらのご一家が主催者のような気がするのですが」。画家はすぐには答えなかった。「主催者でもあるわけで」と言いながら、通りの角で歩みをゆるめて、アンドレアスが追いつくのを待った。「お話ししないわけにはいきませんな。そのくじ引きはね、貴族とお金持ちだけが仲間内でひっそりやるやつなんです。で、一等賞は、あの若女将」――「えっ、彼女が?」――「そうです。別の言い方をすれば、初夜権というか、水揚げというか。あの子、いい子でしょ。だから、一家をみじめな状態から救い出したいと、ずっと考えていたわけで。あなたも聞けばよかった。あの子がこの問題をどんなに美しく語るのか。どんなに熱心に申込者を募ったのか。どんなことでも、きちんと気持ちよく進まないと気がすまない子なんでね。くじ引きの元締めになっていただいたのは、うちを昔から庇護してくださってるお偉方でね」。ここで彼は声をひそめた。「――それはね、貴族《パトリキ》のサクラモゾ様。ついこの前までケルキラ島の総督でいらした。くじは1枚、なんと24ツェキーノで、サクラモゾ様に認められなかった名前は、申込者の名簿に載せてませんからね」アンドレアスは突然、真っ赤になった。目がチカチカして視力が落ち、足もとに踏みつぶされていたトマトを、あやうく踏んづけて転びそうになった。相手は歩きながら横からアンドレアスをじっと見ていた。「こういうことは」とつづけた。「貴族の仲間内でやるもんです。作法をわきまえてる人は、けっして漏らしたりしませんから。だから、ここの旦那衆も、外国の方がこの種の談合に首を突っ込むのは好まない。でも、お客さんが非常に興味があるというなら、ひと肌脱ぎますよ。もしかするとくじを1枚、直接にじゃありませんが、調達できるかもしれない。つまりですね、お客さんが、安くはないでしょうが、なにがしかの金額を申込者の誰かに払って、チャンスを譲ってもらうんです。お客さんの名前は伏せたままで」。アンドレアスは、どう答えたらいいのか、わからなかった。急いで話題を変えて、驚きを口にした。どうしてお姉さんが、ましな方法で一家を助けようとしないんですか。そんな異常な方法で妹さんに自己犠牲をさせるのですか。

「うん、そんなに異常なことじゃないんですな、あの子のやってることは」と、相手が応えた。「それにニーナは、あんまり頼りにならんのです。そのことは誰よりも妹が一番よくわかっている。ニーナは家政に向いていない子でしてね。お客さんが今日、あの子になにかプレゼントしても、明日になると、それはあの子の指からこぼれて消えちゃってる。美人だけど、頭のほうはズスティーナとは比べものにならない。たとえば、あるときウィーンの金持ちの貴族を紹介してやろうとした。グラサルコヴィッチ伯爵ですが、——その名前はご存知ですよね。それに、この貴族と知り合いになるってことが、どういうことか、おわかりですよね。なにしろ、ウィーンに宮殿のような館を2つ、プラハには1つ持ち、クロアチアの領地はこのヴェネツィア共和国の全領土よりも広いんだから。〈その方、なんてお名前?〉と言って、あの子は名前をくり返させながら、小鼻をふくらませる。あの子がそうやったときは、もうどうしようもない。強情な馬といい勝負だ。あの子に言わせりゃ、〈その名前って、ほんとに下品な悪口みたい。名前がそうなら、ご本人だってそうでしょ。お父さんの好きなところへご案内してあげたら。あたし、興味ないから〉。ま、こんな調子なんですよ、ニーナって子は」

アンドレアスは思った。この男にこうやって、ニーナ嬢のところへ連れていかれることを考えれば、そんなに異常なことじゃないじゃないか。だが、思ったことは口にしなかった。

ふたりは、開放的な広場に到着していた。小さなカフェの店先には、小さな木のテーブルと籐の椅子《ラタンチェア》が並んでいる。そこのテーブルのひとつで、黒ずくめの紳士が手紙を書いている。別のテーブルには、見苦しく太った中年の男がすわっている。ヒゲ剃りあとも青々と、ひも付きの奇妙な長い上着を着て、リラックスした様子で、表情ひとつ動かさず、若い男の話に耳を傾けている。若い男は必死に中年男に話しかけている。だが、自分の椅子をテーブルに寄せようともせず、それどころか、きちんと椅子に腰かける勇気もないようだ。見ていて、同情と不安を感じないではいられなかった。

「ほら、あそこの2人をご覧なさい」とささやいて、ゾルジは、アンドレアスに注文してもらったチョコレートを、手もとに引き寄せた。「金持ちのギリシャ人とその甥です。じいさんは百万長者で、かわいそうな若者は、じいさんのたった一人の親戚でね。でもじいさんは若者が気に食わない。じいさんの言うことを聞かないで、結婚しちゃったんで。じいさんの家に行くことすら、許してもらえない。若者はね、借金でおぼれ死にそう。高利貸しのユダヤ人やクリスチャンの言いなり。で、叔父さんの行く先々まで追いかけてるわけ。気づかれないようにして見てごらんなさい。ほら、じいさんは若者に目もくれない。もちろん返事なんてするわけがない。タバコを吸って、勝手にしゃべらせている。——ほら、よく見て。あの不幸な乞食、からだをねじ曲げてる。タバコの煙を吸いたくないんですよ。さてこれからどうなるか、じっくりご覧あれ。——じいさんはね、自分のコーヒー代を払って出ていく。最後はさ、若者がじいさんの前でひざまずくけれど、じいさんは、まるで犬でも見るように知らん顔。若者がじいさんの服にしがみつくと、じいさんはそれをふり払って、連れなんかいない顔して、さっさと歩いていきますよ。こんな光景を、一日に何度も見物できる。朝は取引所の前で、つまりここで、夕方は川岸通りで。人間ってものが、どんなに獣みたいにいじめ合うことができるのか、意地悪をどこまで通すことができるのか、楽しい見世物じゃないですか！」

アンドレアスはほとんど聞いていなかった。手紙を書いている紳士の様子が非常に気になっていたからだ。非常に背が高くて、細身のからだを小さなテーブルにかがめて、手紙を書いているのだが、長い脚が、やり場に困ってテーブルの下で恐縮している。非常に長い腕を、ようやくの思いではみ出さないようにしている。非常に長い指が、きいきい軋む粗悪なペン軸を動かしている。窮屈そうな姿勢は滑稽なくらいだ。だが、この男性の本質を暴こうと思うなら、その窮屈そうな様子や、それに耐え、克服し、気にしないようにしている様子こそが、なによりも見事な描写となっただろう。彼は急いで書いていた。風が吹いて便箋がバタバタして飛びそうになった。イライラするにちがいない。けれども自分の手足は一切動かさないでいる。その抑制が、――とても奇妙な言い方かもしれないが――ろくに彼の言うことを聞かない静物たちに対する親切だった。窮屈な状態を無視することこそ、なによりも大切なことだったのだ。強い風が吹いて、便箋を1枚、アンドレアスのところに飛ばした。アンドレアスは立ち上がり、急いでその1枚を見知らぬ紳士に渡した。紳士は、その1枚が飛ばされてもあわてず、からだを横に傾けていたのだが、アンドレアスから手渡されたので、軽くお辞儀をして受け取った。そのときアンドレアスは、紳士の黒い目を見た。美しい目だと思った。もっともその目は、誰にも美しいと思われない顔についていたのだが。頭が、からだ全体に対してあまりにも小さすぎた。黄ばんだ顔色で、どこか病んだ顔つきは奇妙なほどゆがんでいた。そのためアンドレアスは、つじつまが合わないけれど、死んだカエルのひからびた顔を思い浮かべてしまった。

できることなら、この男性についてたくさん知りたいと思った。――だが、まさに横にいるゾルジからは聞きたくなかった。ゾルジはアンドレアスにもたれかかるようにして、ささやいた。「あれが誰なのか、本人がいなくなったらすぐに教えてあげますからね。今は、名前も言いません。さっき話した――あのお偉方の、弟さんなんですよ。うちの一家の庇護者なので、あなたにもお偉方の名前は教えてあげたでしょ。ほら、その庇護があるからこそ、くじ引きもやれるわけで。マルタ騎士団の騎士なんですよ」と、彼は話をつづけたが、手紙を書いている紳士が頭を上げたので、すぐに口を閉じた。「――でもね、見てわかるように、服にマルタ十字をつけてないでしょ。マルタ十字をつけることは、権利でもあり、義務でもあるんですがね。大きな旅をしてるんです。噂によると、東インドの奥地とか、万里の長城までも行ったそうで。ある人の話によるとイエズス会の修道士で、また別の人の話によると、ほかでもないフリーメイソンの会員だそうで」

お金持ちのギリシャ人と、乞食同然のその甥が立ち上がった。――一方は見苦しいほど冷酷で、もう一方は犬のように卑屈だ。両方とも嫌悪すべきものだ。ふたりからは人間の本性が下品になっていた。騎士と思われる人物が近くにいるのに、こんなに下品な光景が演じられようとは、アンドレアスの理解を超えていた。ふたりが顔を突き合わせて、一方が鼻を鳴らせば、他方がめそめそ泣いて、ふたりとも声を上げたとき、アンドレアスは、ふたりのあいだに割って入り、棒をふり上げて、静かにさせなければと思った。一瞬、マルタ騎士が顔を上げたが、ふたりなど存在していないかのように、視線を先にやり、手紙に封をして席を立ち、若いボーイにうなずいて合図した。ボーイが飛んできて、腰をかがめて手紙を受け取って、立ち去った。そのあいだに騎士は、ボーイとは逆の側から立ち去った。

騎士が角を曲がって姿を消すと、アンドレアスにはこの広場が荒涼となった気がした。ゾルジはかがみこんで、折りたたまれた1枚の便箋をテーブルの下から拾い上げた。「マルタ騎士団のサクラモゾ様のお手紙を、われわれの足もとに風が吹き飛ばしてきましたな」と言った。「ちょっと失礼、これ、騎士殿に届けてきますね」――「いや、ぼくが行きます」と、アンドレアスは口走っていた。舌が勝手に動いてしまったのかもしれない、とアンドレアスは思った。もう指で便箋をつまんでいた。どうしてもこの願いを実現することが大事だった。相手の指から便箋をもぎ取り、狭くて小さな路地でマルタ騎士の後を追った。

それは、優雅を超えるふるまいだった。その上品なふるまいは、真似しようのない純正なものだった。マルタ騎士はアンドレアスの言葉に耳を傾け、その便箋を受け取った。ひとりの人間の物腰とその声の響きがこれほどすばらしく一致しているのを、アンドレアスはこれまで経験したことがないと思った。「これは大変ご親切に」という言葉が、ドイツ語で、しかも最高の発音で騎士の唇から漏れてきた。心が温かいと同時に魂のこもった顔には、魂から湧き出た深い友情がにじんでいるように思えた。ほんの一瞬にすぎなかったが、アンドレアスは好意をもたれたような気がした。気持ちを高める雰囲気が、全身のすべての繊維に染み込んだかと思うと、すっと消えたような気がした。見知らぬ紳士を前にして、アンドレアスは魂が抜けたようになっていた。自分のからだが見苦しく思えた。自分の態度が農民のように思えた。けれども、アンドレアスのからだのどの部分も、すべての部分の消息を知っていた。そして、投げやりだが毅然と、わざとらしいが愛想よく、アンドレアスに軽くお辞儀をするこの人物の姿を、アンドレアスのからだの奥へ連れていったのだ。炎が炎を求めてゆらめくように。

アンドレアスは道を引き返した。ぼーっとしたまま引き返しながら、紳士のあの目の表情を、あの声の響きを、まるで永遠に失われたものであるかのように、しっかり記憶にとどめようとしていた。――こんな自問をしていた。あの人には以前、会ったことがあるのかな？　会ってないなら、どうやってあの人の姿が、一瞬のうちにこんなに深く印象に残っているのだろう？　ぼく自身から、あの人のことを聞き出すことができるんじゃないか！——しかしアンドレアスは、急ぎ足で軽やかに追いついてきた足音を聞いて、というよりは感じて、しかも足音の主が、ほかでもないマルタ騎士であったので、非常に驚いた。追いつかれると、さっきと同じ好感のもてる声で、きわめて愛想よく、勘違いだったにちがいないと言われたのだ。「さきほどご親切にお渡しくださった手紙はですね、私の書いたものではありません。私に宛てたものでもありません。あなたご自身のものではありませんか。——いずれにしてもお返ししますので、どうぞよろしくご処分ください！」

アンドレアスは当惑し混乱した。漠然とした考えがいくつか、胸の中で交錯した。厚かましい奴だと思われたのではないか、と思うと、熱く焼けた針に胸を刺されたような気分になった。混乱していたので、なにを言うにしても、はっきりしたことを言うほうが楽だと思えた。はっきりしないことを言おうとしても、どう言えばいいのか、絶対にわからなかっただろう。——彼は赤くなった。自分の手が勝手に動いて、便箋をまたつかんでしまっていた。だから、その分よけいにきっぱり断言した。「この手紙はもちろん、ぼくのじゃありません。ですから、どんな形にせよ、ぼくには処分する資格なんてないのです」。マルタ騎士はすぐさま満足そうな表情を見せたが、それは、勘違いを確信している男の表情というよりは、どんな場合でも押しつけがましい態度を見せない男の表情だった。ほとんど気づかれないほど、かすかなほほ笑みが、ほんの一瞬、彼の顔を、いや彼の目だけをちらりと輝かせた。もう一度、愛想よく挨拶をして、彼は背中を向けた。

「今ですよ」と、ゾルジが叫んだ。「今日、美人のニーナと知り合いになりたいのなら。もう起きてるでしょう。運がよければ、まだ誰も来てません。もうちょっとすると出かけるか、男友達に囲まれて食事をしてますがね。——さて」と、歩きながら彼はたずねた。「マルタ騎士とは知り合いになって、手紙を返せましたか？　いいですか、あのお馬鹿さんときたら、便箋10枚もの手紙をね、1日に2、3回、まったく同じ人に書いてるんですよ。毎日のように、その本人に会ってるのに。そのくせ、ご本人とやったことすらないらしい。だってさ、相手もお馬鹿同然の女でして、病気でベッドで寝ているか、どっかの教会でひざまずいてるか、どちらかなんで。亭主もいないし、親戚もいない。その女のところへ行くのは、あの紳士だけ。女が世間づきあいをしないので、紳士のほうも、俺が旦那だと自慢する楽しみすらない。というか、このことは隠していて、誰にもしゃべっていない。まるでね、若い娘や修道女が相手の色事みたいに」——「どうやってそんなに、みんなの秘密を知ってるんですか」と、アンドレアスは驚いてたずねた。——「アハハ、いろんなことが耳に入ってくるもんでね」と、相手が笑って返した。その笑い方をアンドレアスはさっきから不快に感じていた。「——ほら、着きましたよ。上がっちゃいましょうか。いや、ちょっと待っていただいたほうがいいかな。先に私が上がっていって、様子を見てきます。会ってもらえるかどうか」

しばらく待った。どれくらい待ったのか、アンドレアスには正確な時間がわからなかった。画家が姿を消していたのは、もちろん、階段を上り、自分が来たことを知らせ、来客があると告げるのに必要な時間だけだったかもしれない。もしかしたら、上で待たされて、もっと長い時間がすぎたのかもしれない。

アンドレアスは、ゾルジが入っていった家のドアの前から2、3歩離れて、かなり狭い路地の端まで歩いていった。路地の端には、アーチ型の梁《シュヴィップボーゲン》の石橋があった。石橋は奇妙な具合に運河をまたいでいて、その向こうには卵型の小さな広場があり、そこには小さな教会があった。アンドレアスは引き返したけれど、腹が立った。ほんの数分しかたっていないのに、シンプルで同じような家が並んでいる中から、さっきの家を見分けることができなかったのだ。ある家のドアはダークグリーンで、青銅のドアノッカーはイルカの姿だ。ゾルジが姿を消したのは、このドアだと思ったが、ドアが閉まっている。アンドレアスには、ゾルジの姿がまだ目に残っている気がした。ゾルジは、開いていたドアから玄関に入っていったのだ。いずれにしても、もう一度アンドレアスが石橋のところに戻って、教会のある小さな広場をながめたとしても、ゾルジと会えなくなる心配はなかった。路地にも広場にも人影はまったくなく、ちょっとでも足音があれば聞こえるはずだ。まして、ゾルジがアンドレアスを探して呼べば、くり返して呼べば、かならず聞こえるはずだ。そう考えてアンドレアスは、石橋を渡った。石橋の下には小さなボートがつながれて暗い水面に浮かんでいた。どこにも人影がなかった。人の声も聞こえなかった。ちっぽけな広場は、落ちぶれて見捨てられた雰囲気があった。

教会はレンガ造りで、低くて、古かった。広場に面した正面入口の階段は、建物に似つかわしくなかった。幅の広い段が、白い大理石の柱廊を支え、アンティーク様式の妻側を支えている。妻側に刻まれた碑銘のラテン語の文字では、金色の文字のいくつかが大文字だ。アンドレアスは文字を組み合わせて、年代を読み取ろうとした。

ふたたび目を下ろしたとき、教会の側面で、彼からかなり離れていた場所に女が立って、じっとアンドレアスを見ていた。どこから来たのか、彼には見当がつかなかった。教会の側面のドアから出てきたのだろうとは考えられなかった。というのも女は、むしろ教会に入ろうとしてためらっていたのか、それともアンドレアスの出現に驚いたのか、立ち止まっているように見えたのだから。それまで彼には、広場を横切る足音も、こちらに近づいてくる足音も聞こえなかったのだ。さらに彼は、上品でシンプルな身なりの女がスリッパをはいていたので、足音が消されたのではないか、とも考えてみたが、そんなことを考えている自分に、自分でも驚いた。というのも、見たところそれは、つましい身分の若奥さんにほかならなかったからだ。頭と肩を黒い布でおおい、かなり青ざめた、しかしどうやらなかなかかわいらしい顔から、2つの黒い目が、妙に緊張して、そして離れているから勘違いかもしれないが不安そうに緊張して、まばたきもせず外国人のアンドレアスを見つめていたのだった。——そして彼自身、似たような緊張を感じていた。コリント式の列柱の柱頭を観察しているふりをしたものか。それとも、女の視線に応えるべきか。どちらにしても、ここにじっとしている理由はない。そう思ったときにはもう、彼は階段の一番下の段を踏んで、立っている女の視界から消えていた。

しかし彼が重い垂れ幕を持ち上げて、教会に入っていったとき、女も同時に側面のドアから入ってきており、前の祭壇に面している祈禱台に向かっていた。そのとき女の印象からアンドレアスは確信した。からだの病気なのか、心の病気なのか、それはともかく、病気にうちひしがれているこの女性は、ここで祈ることによって苦悩が和らげられることを求めているのだ。

今はただ、できるだけそっと教会から立ち去りたい、としか思わなかった。というのも、女がときどき不安げに彼のほうをふり向いていると思えたからだ。痛ましい自分の孤独を、頼んでもいないのに目撃している彼のほうを。今、教会の中は、ギラギラと太陽が照りつける広場と比べると、うす暗かった。こもってひんやりした空気には、まだ香のにおいがかすかに残っていた。絶対に観察などするつもりはなく、ここを出ることしか考えていなかったので、アンドレアスは、けっして視線を鋭くしないようにし、祈っている女を偵察しないようにした。——しかしそれは別にして、誓ってもいいが確かに、女が両手をよじり、懇願するように差し上げながら顔を向けていたのは、祭壇のほうではなく、ほかならぬ彼のほうだった。そう、彼のほうににじり寄ろうとしていたのだ。だが、なぜだかそれを妨げられてもいた。まるで彼女のから、だが腰から下を重たい鎖でグルグル巻きにされているかのように。そのとき同時に彼は、かすかだが、錯覚などではなくはっきりと、うめき声を聞いたように思った。次の瞬間にもちろん彼は、女の仕草はともかくとして、それが彼自身にむけられた動作だったということは、幻想だと考えるしかなかった。見知らぬ女はふたたび祈禱台にくずおれて、まったく動かなくなったのだ。

彼は音を立てずに、出口までの数歩を歩き、そこの垂れ幕を開けるとき、すき間をできるだけ小さくした。ギラギラした外の光線が中に入ると、悩める女性が残されている神聖な薄明かりがかき乱されるからだ。外に出るとき、彼の視線が思わず祈禱台のほうに向けられた。するとそこで目に入ってきたものに、彼は仰天して、垂れ幕の襞《ひだ》の中に、息を呑んで立ちつくした。——今は祈禱台の、まったく同じ場所に、別人がすわっていたのだ。いや、すわっていたのではなく、祈禱台の中で立ち上がっていて、祭壇に背中を向け、アンドレアスのほうをうかがい、前に向かって身をかがめ、またあらためて彼のほうをふり返った。着ている服では、今の女もさっきの女も大して違いがない。さっきの女は、目にもとまらぬ速さで音もなく立ち去ったにちがいない。今の女も、控えめな黒い服を着ている。――そういえば、アンドレアスは来る途中、つましい市民の若奥さんや娘たちが同じような格好の上品な服を着ているのを見かけていた。――だが今のこの女は、頭に布をかぶっていない。黒い髪がカールして顔の横にかかっていた。その態度も、さっきの悩みに押しひしがれていた女とは取り違えようがなかった。さっきの女の席を突然、音も立てずに占領したのだ。何度もこの女は、不機嫌そうにふり返ってから、身をかがめて肩越しに、自分が怒った顔でふり返った効果を偵察している。ふてぶてしくて、子どもじみた仕草だ。自分に興味のある者を追い払うと同時に、無関心な者には興味をもたせようという魂胆があったのだろう。実際、アンドレアスが背中を向けて、出ていこうとしたとき、どうやらその女は、両手をひろげて彼の背中にむかって合図しているようだった。

彼は広場に立っていた。太陽がちょっとまぶしかった。そのとき彼を追うようにして誰かが教会から出てきて、急ぎ足で彼のからだに触れそうになりながら通り過ぎていった。風が動くのが感じられるほどだった。青ざめた若い横顔が見えた。急に顔をそらせたので、カールした髪がふわっと揺れ、アンドレアスのほっぺたをかすめそうになった。笑いを嚙み殺しているように顔がピクピクしていた。走っているかのような急ぎ足で、からだに触れそうになりながら通り過ぎて、さっと顔をそむけた。どの動作もあまりにも乱暴で、故意としか思えなかったが、それは、大人のふてぶてしさというよりは、むしろ子どもの大はしゃぎのように思えた。にもかかわらず、その姿は大人びていた。細い脚をスカートがまくれ上がるほど勢いよく動かして、アンドレアスの目の前で石橋めざして跳ぶように駆けていく。からだを自由奔放に動かしているのだが、あまりにも奇妙な動きなので、アンドレアスは一瞬、女装した若い男が、一目で外国人だとわかる自分を相手に、大はしゃぎをしているのかと思った。しかしそれから彼の心の中で確信をもった声が聞こえた。「小さな橋の上に立って、お前を待っているように見える人間は、若い娘か女なんだよ」。なかなかきれいだと思った顔に、ふてぶてしい表情が浮かんだ気がした。どのふるまいを見ても娼婦にしか思えなかった。けれどもその姿のどこかに、彼は嫌悪というよりは魅力を感じていた。その若い女と狭い橋の上で会うつもりはなかった。さっきの路地に戻るつもりもなかった。そこで彼は急に方向転換して、階段を上って教会に戻った。こうすることによってその女には、決定的な拒絶の合図を送ったことになり、厄介払いができると考えたのだ。静かな教会にはあの別人の女の姿がなかったので、奇妙な気持ちになった。一番前の祭壇のところへ行って、左右にある小さなチャペルをのぞき、柱の後ろを見てみた。——どこにも痕跡がない。まるで石の床が口を開いて、悩める女を吸い込んで、そのかわりにあの奇妙な女を躍り出させたかのようだった。

アンドレアスはふたたび広場に出た。石橋に人影がないので、ほっとした。路地に戻って、考えた。ゾルジが出てきたのを見過ごしてしまったかな。それでゾルジがぼくを探しに、ぼくらがやってきた道を戻ってるのかな。今度は、真鍮のドアノッカーのついた家の隣の、小ぎれいな家が、目当ての家だと思えた。その家のドアが開いたままになっていたからだ。中に入った。1階でどこかの部屋のドアをノックして、ニーナ嬢のことを聞いてみようと思った。それから、2階に上がって画家の行き先をたずねてみようと思った。とにかくこれらのことを急いだのは、石橋を渡ってから2軒目の家のあたりから、軽やかな足音と服の擦れる音に、またもやピタッと後をつけられているような気がしていたからだ。玄関の間から上に通じる階段があったが、アンドレアスはその階段を上らず、中庭に出て、管理人とか誰か住人の住居を探そうと思った。中庭は小さくて、塀と塀にはさまれており、ずいぶん高いところまでブドウの葉と蔓でみっしりおおわれていた。暗赤色の品種の、このうえなく美しいブドウの房が熟して垂れさがり、がっしりした木の柱でブドウの蔓棚《パーゴラ》の屋根部分が支えられていて、その柱の1本に釘が1本打ちつけられており、その釘に鳥かごが吊り下げられていた。ブドウの蔓棚《パーゴラ》の屋根部分に、子どもがくぐり抜けることができるくらいのすき間が空いていた。そこから上空のまぶしい照り返しが中に差し込み、ブドウの葉の美しい形が、レンガの床に鮮やかに描き出されている。広くはないこの空間は、広間のようでもあり、庭のようでもあり、生温かさとブドウの香りと深い静けさに満ちていた。鳥かごの鳥が、アンドレアスが入ってきても気にもせず、止まり木から止まり木へ、しきりに飛び移っている動きさえ、聞こえるほどだった。

突然、人に慣れている鳥が急に怖がって、鳥かごの端へ飛んだ。ブドウの蔓棚《パーゴラ》の屋根部分を支えている横木が揺れた。屋根のすき間が、急に暗くなっていた。アンドレアスの頭の上で、人の背丈ほどの高さから、人の顔がのぞき込んでいた。黒い目が、まわりの白目の白さを際立たせながら、上からアンドレアスの驚いた視線をじっと見つめている。口は、緊張と興奮で半開きだ。――カールした黒い髪の片方が、ブドウの房のあいだから垂れかかっている。青ざめた顔には、激しい緊張の色がみなぎっている。それから、一瞬だが、ほとんど子どもっぽくむき出しになった満足の色も。から、だを軽い蔓棚《パーゴラ》の屋根部分の横木になんとか寝かせ、もしかしたら足を塀のフックにかけ、指先を柱の端にかけているのかもしれない。このとき顔の表情が、謎のようにがらりと変わった。愛と呼んでもいいほどの、かぎりない関心をもって、2つの目がアンドレアスに注がれていた。片方の手がブドウの葉をかき分けて伸びてきた。まるでアンドレアスの頭をさわり、髪の毛をなでようとするかのように。4本の指先は血がにじんでいた。手はアンドレアスに届かず、血が一滴、彼の額に落ちた。上の顔が蒼白になった。「落ちる」と、口が叫んだ。……言葉にならないほどの緊張が手に入れたのは、この一瞬でしかなかったのだ。青ざめた顔は、さっと消え、軽いからだは、急いで塀をよじ登り、それから塀を越えてすべり下りた。——そのからだがどうやって着地したのか、アンドレアスはもう聞くことができなかった。彼はもう前を向いて走っていた。謎の女の道をさえぎるために。右手の家にちがいない。そこから出てくるか、飛び降りた中庭に隠れているかだ。彼は玄関のドアの前に立っていた。イルカのドアノッカーの家だ。錠がおりていて、押しても引いても動かなかった。

ドアノッカーを持ち上げて鳴らそうとしたとき、中で足音が聞こえたように思った。こちらへ近づいてくる。心臓がドキドキした。その音はドア越しに聞こえてしまったかもしれない。こんな気分になったのは、これまでほとんどなかった。生まれてはじめて、説明できないものが、あらゆる秩序からはみ出して、彼に関係を求めてきたのだ。この秘密のせいで、絶対に心が休まることはないだろうと感じた。彼は見たのだ。あの娘が、むき出しの塀をよじ登るのを。指の先を塀の継ぎ目にかけてから、だを持ち上げ、彼に迫ろうとするのを。彼は見たのだ。あの娘が、血まみれの手で、中庭の隅にかがみこんで、彼から逃れようとするのを。彼が、彼女を追って……。それ以上、彼は考えることができなかった。ドアを目指して足を速めたので、ほとんどなにも考えることができなかった。ドアが開いた。彼の前に立っていたのは、ゾルジだった。「教えてください。いったい、ぼくが見たのは誰だったんだろう?」と、アンドレアスはゾルジにむかって叫び、ゾルジが答えるのも待たず、ゾルジがたずねるのも待たず、ゾルジのそばをすり抜けて、廊下の端まで駆けていった。――「どこへ行くんです?」と、ゾルジがたずねた。――「中庭だよ。――ほっといてくれ」――「中庭なんてありませんよ、この家には。この先は防火壁で、その向こうは運河で、対岸はレデンプトール会の修道院の庭ですから」――アンドレアスにはなにもわからなかった。方向の感覚が混乱していて、話そうとしたが、なにも話せないことに気づいた。

自分の体験したことについて、大事なことが話せないのだ。――「それが誰であれ」と、ゾルジが言った。「いいですか、もう一度この界隈に姿を見せれば、誰なのか、私が突き止めてみせましょう。女装の男だろうと、いたずら者の娼婦だろうと、私の目はごまかせませんからね」

女装した男でも、娼婦でもないことは、アンドレアスには痛いほどよくわかっていた。なにも説明できなかったが、心の底では、どんな説明も拒否していたのだ。急いでもう一度、教会に戻ることができれば、どんなによかっただろう。彼の敵でもあり友でもある謎の女は、いないかもしれない。壁をよじ登り、上から獲物に襲いかかった、奔放で異様なあの女は、いないかもしれない。――だがあの女の相棒なら、見つかるにちがいない。というのも今になって彼には、ふたりの人間がおたがいを知らないとは考えられなかったからだ。手品師の持っているグラスの赤ワインが白ワインに変わるように、一方が消えるともう一方が出てくるのだから。どうしてもっと早くこの関係に気づかなかったのか、自分でも理解できなかった。教会の中の探し方が軽率だったという気がした。なにか手がかりが見つけられたはずだ。壁の割れ目とか、落とし戸とか。――もしも今ひとりなら、喜んで教会に戻ったのだが。どうしても探して見つけなければならないという思いに駆られると、今だけでなく、3回でも4回でも戻っていたかもしれない。こういうことは、何度もあったのではないか。置き去りにされた手紙は、ぼくらが知っている手がかりだ。ぼくらはそれを……。けれどもゾルジが彼を放してくれなかった。「ま、男まさりに壁をよじ登る女なんか、ほっときましょう。——ヴェネツィアでは、もっと他にもいろいろありますから。——さ、ニーナのところへ行きましょう。あなたを待ってるんですよ。上で起きたことといったら、まあ、開いた口がふさがらないほどで。カンポサグラード大公はね、ニーナのパトロンなんですが、嫉妬に怒り狂って、珍しいスズメをさ、生きたまま口にくわえて、その首を嚙み切っちゃったんですよ。その珍鳥はね、ニーナにぞっこんのダレ・トレっていうユダヤ人の旦那が、その前日に贈ってきたやつなんだが。ほかにも大公は、ニーナのことでハンガリーの中隊長を疑って、なぐって半殺しにさせちゃったんだ。しかもさ、半殺しになった人間は、どうやら手違いで別人だったらしい。で今は、お巡り《スビレ》が大公を追っていて、ニーナの部屋も隅から隅まで調べられちゃってね。要するに、上を下への大騒ぎ。でもまさにこういう時こそ、ニーナのところで新参者がうまくやれる絶好のチャンスなんですよ」

アンドレアスは上の空で聞いていた。階段は狭くて暗かった。階段が折れるたびに、あの正体不明の女がどこかから現れるのではないかと思い、それを願った。上に着いて、ニーナの部屋のドアの前に立ったときでさえ、さっとかすめて通り過ぎるのではないか、と期待した。今となっては疑いもなく明らかだと思えるのだが、ふたりの仕草には謎めいた関連があったのだ。あの悩める女が懇願し哀願して上げた腕も、アンドレアスに対しては、あの少女のような娘の手招きと同じ意味をもっていたのだ。この不可解な人物の秘密をあばきたいと思うと、ほとんど耐えられないほど緊張し、焦った。ただひとつだけ気持ちを落ち着かせてくれることがあった。一瞬だけでも彼とふたりだけになるために、あの女は、不可解なやり方で道を見つけたのだ。下には水が流れているかもしれない高い塀も、猫以外の動物にはできそうにないことを、あの女には思いとどまらせなかった。指から血が流れても、あの女にはそれほど大したことではなかった。あの女は、そのうち、いつかどこかで、ふたたびアンドレアスを見つけることができるだろう。

部屋に入っていくと、ニーナ嬢がとても感じよく、くつろいだ姿勢でソファーにすわっていた。彼女の印象は、すべてがまぶしいくらいに明るく、じつに愛らしく優雅な丸みを帯びていた。髪は、色の褪せた金《きん》のような明るいブロンドで、髪粉はふりかけていない。魅力的な曲線を描いて、おたがいに引き立てあう3つのもの、つまり眉と口と手が、落ち着いた好奇心と大変な愛くるしさを見せて、入ってきた客のアンドレアスを歓迎した。

額縁のない絵が1枚、裏返しになって壁にもたせかけてあった。キャンバスには1本、ナイフで切ったような切れ目があった。ゾルジが床から持ち上げて、じっとながめて首をふった。「ところで、どうです、似てると思います?」とたずねて、ニーナの足もとのスツールに腰を下ろしていたアンドレアスに、その絵を見せた。絵は、粗野な目が見れば生き写しだと思っただろう。ニーナの肖像だったが、冷たくて卑しい絵だ。ちょっと上に反った眉は、柔らかすぎると思われるほどの表情の顔についているので、非常に魅力的だ。首は、うるさい鑑定家の目には、あまりにも細すぎると思われるかもしれない。――しかしその上に頭が載っているさまは、なんと言えばいいのか、か弱い女らしさが出ていて魅力がある。肖像画の眉は、きりっとしているが品がない。目は、ふてぶてしく冷たい火のような光で、絵を見る者をじっと見つめている。それは、顔は目録どおりの造作を備えているけれど、画家の心を丸見えにしてしまう、例の痛々しい肖像画の1枚だった。アンドレアスは心がゾクッと寒くなった。

「あたしの目の届かないところに、置いてちょうだい」と、ニーナが言った。「見るとね、腹の立つことや野蛮なことしか思い出さないから」――「これは、やり直すことにしよう」と、ゾルジが言った。「それから別にもう1枚、描くことにする。今度はヴェネツィア派じゃなくて、フランドル派の流儀で下塗りするか。そのほうがよくなるな。それでさ、両方の旦那から払ってもらうわけ。両方から払ってもらえないなんてことになったら、私も家畜同然だな」

「じゃあ、あなたはどう思った?」。画家が絵をかかえて姿を消してから、ニーナがたずねた。――「なかなか似てると思いましたね。そして、なかなか醜いとも」と、アンドレアスが言った。――「あら、なかなか言ってくれるわね」――彼は黙っていた。――「うちにいらっしゃったばかりなのに、もう、あたしを悲しませるようなことをおっしゃって。あなたも考えてるのかしら? 男の人は女より力も強く、頭もよく、声も大きいけれど、それを授かったのは、あわれな女を生きにくくさせるためだけだ、って」

「そんなふうに考えてなんかいませんよ」と、アンドレアスは急いで言った。「もしもぼくがあなたを描かせてもらえるなら、違った絵になると思うんです。本当に」――そう言ったが、それ以上のことをもっとたくさん言いたかった。言葉にならないほど彼女が魅力的に思えたのだ。けれども、ゾルジがいつ部屋に戻ってくるかもしれないと思うと、臆病になった。彼は黙っていた。もしかしたら、もう十分に言ったのかもしれない。自分ではわからなかった。というのも問題は言葉ではなく、そのトーンであり、そのときの視線なのだから。

ニーナの目は、上の空でアンドレアスの頭越しに見ていた。彼女の上唇は、彼女の眉のように反っていて、いわば、これからやってくるだろうことにうっとりしているようだった。その上唇には、ほほ笑みを思わせるようなものがただよい、キスを待っているようだった。アンドレアスは思わず前かがみになり、半開きの彼女の上唇をぼんやり見ていた。農家の娘ロマーナが目に浮かんだかと思うと、すぐに雲散霧消した。心をうっとりさせると同時に不安にさせるものが、優しく胸に降りてきて、そこで消えていくのが感じられた。

「ぼくたちふたりだけだ」と言った。「でも、いつまでこうなんだろう」。彼は彼女の手のほうに手を伸ばした。だが手は取らなかった。ゾルジの手がドアノブにかかっている気がしたからだ。立ち上がって、窓のそばへ行った。

アンドレアスが窓から外を見ると、すぐ下に小さなきれいな屋上庭園があった。平らなテラスには、大きな植木鉢にオレンジが植えてあり、木の囲いからユリとバラが生い茂り、バラが通路と小さな蔓棚《パーゴラ》をつくっている。庭の真ん中にイチジクの木が1本あり、2、3個の実が熟してさえいた。「この庭は、あなたのですか？」とたずねた。――「ちがうわ。貸してもらえるなら、うれしいんだけど」と、ニーナが答えた。「でもね、賃料を、お金の亡者の言いなりに払うわけにはいかないし。あたしのものなら、池と小さな噴水をつくってもらうんだけどな。――ゾルジの話だと、両方ともつくれるそうよ。――それから蔓棚《パーゴラ》にはランタン、吊るしてもらうの」

アンドレアスは、自分が隣の家に行って、賃料を数えてテーブルに並べている姿が見えた。それから、賃貸契約書をもってニーナ嬢のところに戻っていく姿が見えた。想像の中ではもう、屋上庭園のまわりの垣根を高くする指示をしていた。ツルバラとヒルガオが細い支柱にからまって上まで伸び、蔓棚《パーゴラ》の小さな空間を生きた植物の部屋にし、その部屋の中を空から星たちがのぞき込んでいた。かすかな夜風が舞いながら通り抜け、隣人たちの無遠慮な視線はさえぎられていた。いくつかの小さなテーブルの上では、果物の入った皿が、ガラスの鐘の中の灯りにはさまれるようにして置かれていた。ニーナは薄手のケープにくるまれて、ソファーにすわっていた。今ここで彼の目の前にいる現実のニーナとほとんど同じ格好だ。だが想像のアンドレアスは、今そこで彼女の前にいる若者ではなかった。――夢見心地に彼は、もうひとりの自分を感じていた。たまたまやってきた訪問客ではないので、「面会時間は15分間ですが、声がかかるまで待ってください」と言われて、ドアのきしむ音が聞こえるたびに驚く必要もない。彼は、公認の男友達であり、この魔法の庭園を借りてやったので、ここを使っている女性のパトロンのようなものだ。エオリアンハープの音がからだの中を通過しているような、言いようのない幸せな気分にひたっていた。――こんな回り道など必要ではない、ということを彼は知らなかった。もしかしたら彼には、すぐ次の瞬間に幸せが贈られたかもしれないのだから。

「なに考えてらっしゃるの」と、ニーナがたずねた。その声には、ちょっと不審に思っている気持ちが出ていた。彼女が不審がるのは当然だが。その声で彼はわれに返った。そして思いついた。屋上庭園からなら、防火壁のあいだに渡されたあのブドウの蔓棚《パーゴラ》の屋根部分を見下ろすことができるにちがいない。あの中庭とレデンプトール会の修道院の庭のあいだを流れている運河も見えるはずだ。見知らぬ女のことを急に思い出して、恐怖のようなものを感じた。あの女がこの世に存在している。それは逃れようのない事実なのだ。胸が苦しくなった。保護を求めずにはいられない気分になった。窓から離れて、ソファーの背もたれに寄りかかり、ニーナの上に身をかがめた。その上唇は、眉と同じように柔らかく反っていて、ちょっと驚きながら上に突き出された。

「ぼくが今、あなたの住んでいた部屋に住んでるんだ、ということを考えていたんです。そしてね、そこにぼくがひとりで住んでいて、――あなたがここに住んでいるということを」と言った。だが彼はしゃべるのがつらくなった。「あなたが下に小さな庭園をもっているなら、そしてその四阿《あずまや》にランプがあるのなら、そこにぼくは誰かといっしょに住みたいなあ。――いや、本当に喜んで。――もちろん、あの人が運び出した絵の人とじゃありませんよ。あの絵の人となら、どんな家にも、どんな四阿《あずまや》にも、どんな島にも住みたくない。そしてあなたはね、四阿《あずまや》も、ランプも持ってないんだ！」

彼女の前にひざまずき、頭を彼女のひざに埋めたかった。だが彼は、すべてを言ってしまった。とくに最後の言葉を、冷たくて、ほとんど暗いトーンで。というのも彼は、女性なら、彼の心の中でなにが起きているのか、すべて察するにちがいないと思っていたからだ。肖像画のニーナのことを彼が冷酷に嘲笑すれば、彼女はわかるにちがいない。現実のニーナは彼にとって、言葉で言える以上に近い存在であり、また彼は現実のニーナにとって、言葉で言える以上に近い存在なのだ、と。また、目の前にない四阿《あずまや》やランプのことを、彼が冷酷にそっけなく強調すれば、彼には、それらを手に入れる努力をする用意があるのだ、と。しかしそれと同時に、アンドレアスの心は、異様で憂鬱なイメージに襲われた。それは、今この瞬間の彼にとっては昔のように思われる夢、吐き気がするほどしばしば見る子ども時代の夢、の記憶だった。腹ペコのアンドレアスは、食料貯蔵室に忍び込んで、パンを一切れ切り取ろうとしていた。ナイフを片手にパンの塊をかかえていた。しかし、くり返し何度切っても、ナイフはパンをかすめて、空を切るばかりだった。

彼の手は、大胆になるわけでもなく、あわよくばと願うわけでもなく、ニーナの手を握っていた。その手は、肉づきもよく魅力的で、柔らかくて、小さすぎることもなかった。彼女は手を彼にあずけたままにしていた。いや、彼女のほうがそっと力を込めて指を彼の指にからめている、とさえ感じられるようだった。彼女の視線にヴェールがかかり、青い目の奥がもっと暗くなってきたように見えた。上唇は今にもほほ笑みそうだったが、すぐに消えて、ほとんど不安げなほほ笑みは、上唇のところへキスを呼んでいるように見えた。この合図ほど、彼を深く強く驚かせたものはなかった。ほかの男なら、大胆に、いやずうずうしくキスしたかもしれないのだが。彼はものすごく混乱した。こんなに単純で、こんなに近くにあるものを、どう理解すればいいのだ！　彼女の上に身をかがめていたが、彼が考えていたのは彼女のことではなく、彼女の生活だった。電光石火、アンドレアスは見た。ニーナの父親を、母親を、妹を、弟たちを。怒りっぽい大公が、ソファーを囲む書き割りから出てくるのを見た。血まみれになったオウムの頭を手にもっている。その横で、ニーナに夢中のユダヤ人が音も立てずに首を出してきた。従僕のように見えたが、カツラをかぶっていない。弁髪を結ったハンガリーの中隊長が、荒々しくサーベルをふり回しているのが見えた。アンドレアスは自問した。こういう連中からニーナ嬢を完全に自由にするためには、手持ちの現金で足りるだろうか。——そして自分にこう言ってやるしかなかった。もしかしたら1週間か、3日、もてばいいところだな。そうやって自分が乞食になってしまうとしても、たった一度の贈り物に意味があるのだろうか。まともな身請けをしたいなら、生活費も出してやらなくてはならない。それだけじゃない。新しい部屋を、いや、新しい家を用意してやらなければ。召使いも必要だ。少なくとも――ざっと見積もって――小間使い1人に、従者1人。従者ゴットヘルフの顔が浮かんだ。ニタリと笑いかけてきた。美しい瞬間が泡と消えた。ニーナの手を離さなければ、と思った。柔らかく力を込めて、そっと手を引いた。彼女は彼をじっと見つめた。その表情にはふたたび不審の色のようなものが混じっていた。前よりも冷たい感じで。彼は別れを告げた。どうしてか自分でもわからないまま、またお邪魔させてくださいと頼んでいた。

下りていくと、ゾルジがいた。あの絵を紙にくるんで脇にかかえ、アンドレアスを待っていたようだ。急いで別れを告げた。こんな男に見知らぬ女のことを話してしまったことを、非常に後悔した。うれしいことに、ゾルジは話を蒸し返そうとはしなかった。アンドレアスのことだけでなくどんなことでも、虎視眈々とうかがっている奴だ。こいつにだけは絶対、関わらせるべきではなかったのだ。「ニーナさんのところへは、そのうちまたお邪魔するつもりです」と言ったが、――自分ではそのつもりはなかった。ゾルジが絵を抱えて姿を消すか消さないうちに、アンドレアスは、アーチ型の梁《シュヴィップボーゲン》の下の路地を抜け、石橋を渡って、教会に向かった。

広場は、以前と同様、人影がなかった。石橋の下では、誰も乗っていないボートがつながれていた。これを見てアンドレアスは、自分を元気づけてくれている合図なのだろうと思った。夢の中を歩くように歩いた。だが疑ってはいなかった。ひとつのことしか考えなかった。教会に行けば、あの悩める女がすわっているだろう。ぼくが入っていけば、不安にみちて切願するように、ぼくにむかって腕をひろげるだろう。するとぼくは後じさりするだろう。そして、ぼくの背後で、もうひとりの女が同じ祈禱台から立ち上がって、ぼくの後をつけていることに、気づくだろう。この不思議な秘密は、アンドレアスにとっては過去のことではなく、円環のようにくり返されるものだった。その円環に戻っていって、それが現在になることだけが、彼には大事なことだった。

教会の中に入った。誰もいなかった。ふたたび広場に戻り、石橋の上に立って、家をひとつひとつのぞいてみたが、人影は見えなかった。そこを離れて、路地を何本か歩いて、しばらくしてから広場に戻り、側面のドアから教会の中に入り、アーチ型の梁《シュヴィップボーゲン》をくぐって戻ったが、人影は見えなかった。

解説

丘沢 静也

「愛の3重唱」

「恋は、傷つく絶好のチャンス。めざせ10連敗！」を合言葉に、10数年前から授業で『フィガロの結婚』『ドン・ジョヴァンニ』『トリスタンとイゾルデ』など、オペラのつまみ食いをしている。肉食のドン・ジョヴァンニか、イゾルデしか見えないトリスタンか。恋は、苦しみをもたらす幸せであり、人を幸せにする苦しみである。がんばっても、うまくいかない場合が多い。相手の気持ちはもちろん、自分の気持ちもコントロールできない。「私は、私という家の主人ですらない」（フロイト）のが人間だ。コントロールできない局面でどうふるまうか。恋愛に正解はない。

授業はキャンパスの学生たちに「恋愛学」と呼ばれ（「学」なんかじゃないぞ！）、所属や専門を超えて、いろんな学生が教室に集まってくる。つまみ食いの定番がいくつかある。そのひとつが、オペラ『ばらの騎士』の最後の「愛の3重唱」の5分17秒だ。作曲はリヒャルト・シュトラウス、台本がホーフマンスタール。『ばらの騎士』の初演は1911年、ドレスデン。初演から大成功で、このオペラを見るためにウィーンからドレスデンまで特別列車が出されたほどだ。「愛の3重唱」は、シュトラウス自身もお気に入りで、遺言により本人の葬儀で演奏された。指揮はショルティ。

32歳の元帥夫人は、17歳の青年貴族オクタヴィアンと恋仲（つまり婚外恋愛）だったけれど、オクタヴィアンが平凡な若い娘ゾフィーに惹かれていることを知って、身を引くことにする。「愛の3重唱」では、その3人がそれぞれの思いを歌う。圧倒的な音楽に、学生のリアクションペーパーでも「鳥肌が立った」というコメントが多い。「捨恋」は私の造語だが、背筋をすっと伸ばして「これでいいんだわ」と去っていく元帥夫人が、かっこいい。失わないためには、放棄せよ。

年を追うごとに教室では草食の学生が増えている。多くの学生が、好きになった相手と結婚して、浮気もせず、末永く仲良く暮らしたいと考えている。ロマンチックな「マラソン型の恋愛」。でも恋愛は、思想とおなじで自由だけど、結婚は、思想なんかとちがって、地に足のついた生活だ。元帥夫人のように、結婚と恋愛は別物だと割り切るほうが、恋愛をゲームのように楽しむことができるだろう。

さて、後日談を想像すれば、ゾフィーとオクタヴィアンは、永遠の愛を誓って結婚する。だが恋愛には賞味期限がある。オクタヴィアンも仕事で忙しくなるだろう。外で女性と仲良くなるはずだ。何年かたつとゾフィーも、うんと若い男と恋仲になる……。ところで、元帥夫人に恋愛の手ほどきをしてもらったオクタヴィアンは、今度はゾフィーにあれこれ手ほどきする。何年かたつと今度はゾフィーが、うんと若い男に手ほどきするようになる……。知恵や技術の、スムーズな受け渡し。ゴールのないリレー型は、自己完結をめざすマラソン型とちがって息苦しくない。

マラソン型が「正しい」恋愛のかたち？　そんなロマンチック・ラブ神話に縛られているからか、ますます今の若者は恋愛に臆病になっている。日本も以前は見合い結婚が主流だった。恋愛結婚が優位になるのは、1960年代半ばになってから。私が授業で伝えたいと思っていることのひとつは、ロマン主義の嘘だ（嘘も、必要になる場合もあるけれど）。圧倒的な「愛の3重唱」のおかげで、多くの学生が「リレー型」や元帥夫人の「大人の作法」に納得してくれる。

世紀末ウィーンの神童

10代のときから、ホーフマンスタール（1874〜1929）は大人だった。大学に入るまでにギリシャ・ローマの古典、フランス語、英語、イタリア語、スペイン語、ドイツ語の文学を、すべて原語で読み、幼い頃からロシア人とも面識があった。ギムナジウムの生徒のときには、熟成した作品を発表して神童と呼ばれていた。ホーフマンスタールと一心同体の『チャンドス卿の手紙』にも、その様子が描かれている。

おしゃれな映画『グランド・ブダペスト・ホテル』は、ウェス・アンダーソン監督がたまたま古本屋で見つけたシュテファン・ツヴァイク（1881〜1942）の本にインスパイアされて作った映画で、オーストリア帝国へのオマージュになっている。ウィーン生まれのツヴァイクが、亡命先のブラジルで書いた自伝『昨日の世界』のなかで、世紀末ウィーンのアイドル、ホーフマンスタールにたくさんページを割いている。出だしはこんな具合。

〈若きホーフマンスタールの出現は、早熟な完成という偉大な奇蹟のひとつとして、今なお記憶に値するものである。キーツとランボーを別にすれば、このような若さで、このように的確に言葉を駆使している例を、私は知らない。また彼は、すでに16歳や17歳で、消し去ることのできない詩句と今日なお凌駕されることのない散文によって、ドイツ語の永遠の年代記にその名前を留めたのだが、このすばらしい天才のように、精神が奔放に広がり、詩の実質が偶然にすぎない1行にまで浸透している場合を、私は知らない。彼は突然出現し、それと同時にすでに完成していた。それは、ひとつの世代のうちで二度と起こらないような特異現象だった〉

古典新訳文庫に収めた5編

古典新訳文庫には、そのホーフマンスタールを代表する散文作品を5つ収めた。『チャンドス卿の手紙』(1902)を最初に置いたのは、ホーフマンスタールの代名詞であるだけでなく、ホーフマンスタール自身がかかえていた切実な問題を吐露した虚構の手紙でもあり、それがまたホーフマンスタール自身の転機を告げる作品でもあるからだ。ちなみに『チャンドス卿の手紙』は通称で、原題は『手紙 (Ein Brief)』である。

『第672夜のメールヘン』(1895)、『騎兵物語』(1898)、『バソンピエール元帥の体験』（1900）は、『チャンドス卿』以前の短編だ。ホーフマンスタールは20歳のときオーストリア騎兵連隊に入っていたこともあって、『第672夜のメールヘン』や『騎兵物語』での騎兵や馬の描写がリアルだ。

『バソンピエール元帥の体験』は、ゲーテの『ドイツ亡命者の談話』（1795）のエピソードの潤色だが、ゲーテのエピソード自体、フランソワ・ド・バソンピエール元帥の『回想録』（1665）の話がもとになっている。ホーフマンスタールは見事な手つきで、先人の作品の潤色や翻案をたくさんやっている。

『チャンドス卿』以降、ホーフマンスタールは仕事の軸足を移動させる。1903年に演出家マックス・ラインハルトを知り、演劇への関心が強くなったのだ。『ばらの騎士』初演の演出もラインハルトだ。1920年にはラインハルトやR・シュトラウスといっしょにザルツブルク・フェスティバルを始めた。このフェスティバルは「ザルツブルク音楽祭」と訳されることが多いが、演劇も大事な演目で、1920年の第1回目は、ホーフマンスタールの戯曲『イェーダーマン』が上演されただけだった。戯曲をたくさん書いた。また作曲家のR・シュトラウスと組んで、オペラの台本をたくさん書いた。

ただ、小説『アンドレアス』（1907〜1927）は書きつづけていた。世間知らずのうぶな青年アンドレアスの成長物語を予定していたようだ。だが未完に終わった。完成稿があるのは、アンドレアスがウィーンを発って、ヴェネツィアに到着した日に、途中のケルンテンの山中での出来事を思い出す序章だけ。アンドレアスは、自分の余計なひとことで、思いがけない目にあっていく。古典新訳文庫にはその序章「すばらしい女友達」を収めた。この部分はツヴァイクに、〈ドイツ語で書かれた、もしかするともっとも美しい小説のトルソー〉と呼ばれている。

世紀末ウィーン

19世紀末のウィーンは、ほかの都市とちがってカフェやサロンが、文化人の溜まり場として機能していた。皇帝フランツ・ヨーゼフ1世の寛容政策のおかげで、優秀なユダヤ系がウィーンにたくさん集まっていた。20世紀以降の文化、思想、芸術をリードすることになるような、目覚ましい仕事が目白押しだった。

たとえば、美術のクリムト、ココシュカ、建築のゼンパー、アドルフ・ロース、音楽のブラームス、ブルックナー、マーラー、シェーンベルク、ヴェーベルン、ベルク、演劇のラインハルト、文学のホーフマンスタール、シュニッツラー、カール・クラウス、カフカ、ムージル、ヘルマン・ブロッホ、トラークル、哲学のヴィトゲンシュタイン、精神分析のフロイト、心理学のアドラー、物理学のボルツマン、マッハ、経済学のシュムペーター……。さながら小ルネサンスだった。

理性と信仰を十分に発揮すれば、社会はよくなり人間は幸せになる。長いあいだそう考えられてきたけれど、世紀末ウィーンは、その考えに疑問符をつきつけ、「人間は合理的な動物であると同時に、感情と本能の被造物である」ことを確認した。たとえばフロイトは第2のコロンブスとなって、無意識という大陸を発見した。「私は、私という家の主人ですらない」。私の意識や精神や理性によって、私というものを完全にコントロールできるわけではない。

ミュラー＝リアー錯視図

〈その頃の記憶は、皮をむいた、温かくて、甘いアーモンドの香りと、なぜか結びついていた〉。〈彼が生まれて12年目のこと〉を思い出すのは、『第672夜のメールヘン』の主人公だが、ホーフマンスタールの若い頃の写真は、プルーストの若い頃の写真とそっくりだ。想像のチカラをホーフマンスタールは知っていた。ホーフマンスタールはフロイトをほとんど全部読んでいたという。フロイトの精神分析を作品に使うことはなかったけれど。

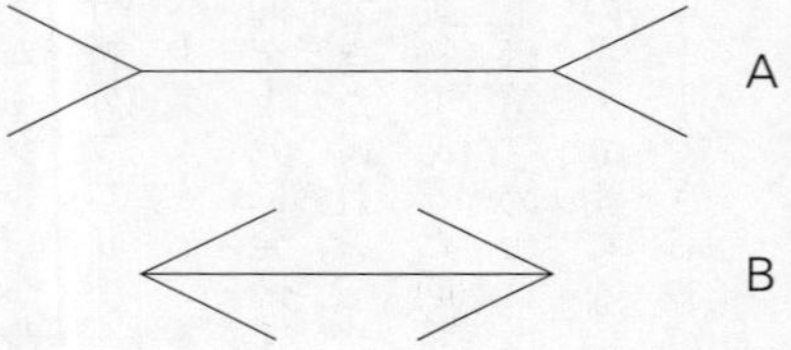

有名なミュラー＝リアー錯視図がある。図Aの水平線と図Bの水平線は、同じ長さなのだが、違った長さに見える。ここで、水平線を「事実」とし、斜線を「想像」としよう。ふつう私たちが見るのは、水平線と斜線がつながっている図Aまるごとや、図Bまるごとだ。水平線だけを見ることはむずかしい。つまり「事実」＋「想像」のセットを、私たちは「現実」だと考えている。「想像」のチカラは大きい。

フロイトは、以前の自分が「事実」を過大評価し、クライエントの「想像」を過小評価していたことを反省し、クライエントの「現実」を「心的現実」と呼んで、セラピーを展開した。この古典新訳文庫でも、『チャンドス卿の手紙』以外の4編では、それぞれの主人公の「想像」が大きなベクトルとなって、物語を動かしている。文学では、ごく当たり前の話だけれど。

唯美主義者？

世紀末ウィーンの神童ホーフマンスタールは、4回ノーベル文学賞候補になった。けれども4回とも、選考委員のスウェーデンの作家ペル・ハルストレームの反対で選ばれなかった。どうして？『エレクトラ』の「病的で残忍なセンセーショナリズム」とか、他の作品に見られる「不道徳でみだらな軽薄さ」とか、詩が「宝石細工にすぎない」とかのせいだ。なかでも一番大きな落選理由は、ホーフマンスタールの反ユダヤ的な言動のせいだったという。

この落選理由を見てもわかるように、ノーベル文学賞は、ポリティカル・コレクトネス賞の側面があり、文学の品質をまともに評価するものではない。「文学の王道」をゆくホーフマンスタールにとって落選は、むしろ名誉なことだ。

ウィーン生まれのホーフマンスタールは、ユダヤ系だった。ボヘミアとユダヤとロンバルディアの血が流れていた。自分を「カトリックの貴族」だと思い、反ユダヤ的な言動をくり返していた。しかし友人や敵からはユダヤ系インテリと思われていたようだ。

ホーフマンスタールには「裕福な」という形容詞が枕詞のように使われる。だがウルリヒ・ヴァインツィール（『ホーフマンスタール』2005）によると、ホーフマンスタールの両親は1873年恐慌により全資産を失っていた。1901年に結婚した妻ゲルティ［＝ゲルトルート］の母方が、蒸留酒醸造の大手クフナー家であることから、「裕福な」イメージが強くなったらしいのだが、ホーフマンスタールは自分で稼ぐしかなかった。1903年11月に自分で公開した資産・収入の内訳によると、「妻ゲルティの持参金はゼロ、私のペンによる収入は不安定で、1899年は5000クローネ強、1901年は1000クローネ弱」。ホーフマンスタール自身、いつもお金の心配をしていたという。作曲家R・シュトラウスにパリのホテルの手配を頼む手紙（1914年4月22日）でも、〈あまり高くない部屋を〉と注文をつけている。〈かといって召使いが泊まるような部屋ではなく、秘書とか台本作者が泊まるような部屋を〉

犬に蹴りを入れたゲオルゲ

ホーフマンスタールにとって後半の相棒が作曲家R・シュトラウスなら、前半の相棒(?)は、詩人シュテファン・ゲオルゲ(1868〜1933)だ。

私は蝶ではないが、ゲオルゲの「Nimm mir die liebe / gieb mir dein glück!(わたしから愛を奪って/おまえの幸せをくれ)」のリズムで、ゆっくりバタフライを泳いでいた時期があった。ドイツ語の名詞は文頭になくても大文字で始めるのだが、グリムの『ドイツ語辞典』と同様、ゲオルゲは名詞を小文字で始めていた。象徴主義というレッテルがよく貼られる。芸術を生に優先させる芸術至上主義者だった。詩的言語は日常言語とは別物であるべきであり、それ自身で「ひとつの宇宙」であるべきだと考えていた。

17歳のホーフマンスタールは1891年、ウィーンのカフェ・グリーンシュタイドルの常連になり、6歳年上のゲオルゲと出会い、ゲオルゲの雑誌「芸術草紙」に発表するようになる。ゲオルゲはホーフマンスタールの両親に、〈ご子息こそ、私の近くにいなかったのに、私の創作を理解し評価してくれた、ドイツ側での最初の人物です〉と手紙に書いている。

カフェ・グリーンシュタイドル 1896

ホーフマンスタールが17歳のとき、ゲオルゲがカフェで犬に「汚いチンピラめ《サル・ヴォワユ》」と言って蹴りを入れる。ホーフマンスタール家と疎遠になっていく遠因として紹介されるエピソードだ。

『アンドレアス』で、アンドレアスが12歳のとき、小犬を踏み殺したことを思い出す場面がある。〈「誰にでも尻尾をふる、卑しい奴め」と、アンドレアスが罵った。罵られても、小犬はどんどん近づいてきた。アンドレアスは、足を上げたような気がした。そして上から靴の踵で背骨を踏んづけた〉

ゲオルゲは、「生に属していて、芸術に属さないのは冒瀆だ」と考えていた。言葉をふりかざして、言葉に権威があるような顔をし、顔を赤らめもしないで、自分こそが真実で正義だと主張する。昔の文学青年に多いタイプ？　そんなゲオルゲに、ホーフマンスタールは疑問を抱くようになっていく。

ヴィトゲンシュタインの「倫理的」

ホーフマンスタールは、ヴィトゲンシュタインと同じ方向を見ていた。世紀末ウィーン。政治では自由主義が力を失い、文化では道徳主義にかわって、没道徳的な感情が優位をしめていた。芸術は現実逃避の手段となり、唯美的なナルシシズムが幅をきかせていた。『第672夜のメールヘン』は「唯美的なナルシシズム」批判として読むこともできるだろう。「世界没落の実験室」ウィーンの息子たちは、父親たちの文化の権威に反抗した。世紀末ウィーンは、破滅と再生がせめぎあう緊張の磁場だった。

社会の乱れは、言葉の乱れとなって表れる。批評家カール・クラウスは個人誌「炬火」で、ジャーナリズムの言葉に嚙みついた。感情が理性を呑み込み、形容詞が名詞に馬乗りになり、事実と価値を混同しているジャーナリズムの言語を批判し、そのウソと腐敗を徹底的に告発した。コンマひとつにもうるさかった。〈なぜ、ものを書く人がいるのか？　ものを書かないという人格に欠けるからだ〉

人間は言語に囚われた動物である。クラウスのファンだったヴィトゲンシュタインにとって、哲学とは言語批判のことだった。そして『論理哲学論考』（完成1918、出版1922）で、ウィーンがかかえていた言語の問題をラディカルに整理した。整理されたその地図を一歩下がって見ると、くっきり描かれた小さな島（論理）が、大きな海（倫理）に囲まれている。〈言うことができることについては、クリアに言うことができる。そして語ることができないことについては、沈黙するしかない〉

『論理哲学論考』の出版が難航していた時期、ヴィトゲンシュタインは、クラウスを高く評価していた編集者フィッカーにこんな手紙（1919年10月または11月）を書いている。

〈……この本の意味は、倫理的なものです。かつて私は前書きに［……］こういう文章を書くつもりだったのです。「私の仕事は、2つの部分からなっています。この本に書かれている部分と、私が書かなかった部分です。そしてまさに書かれなかった2番目の部分こそが、重要なのです。なぜなら倫理的なものの境界線を、私の本はいわば内側から引いているのですから。厳密には、このようにして**しか**境界線を引くことができない、と確信しています。要するに、今日、多くの人の口から出まかせにしゃべられていることのすべてを、この本のなかで私は、それについて沈黙することによって、確定したつもりです」。［……］この本の「はじめに」と終わりを読んでみてください。この本の意味が、もっとも直接的に表現されています〉

終わりの命題7は、〈語ることができないことについては、沈黙するしかない〉。ヴィトゲンシュタインの代名詞のような文章だ。そして終わりのほうには、こんな命題がある。

6.42 そういうわけで倫理のセンテンスも存在することができない。
センテンスは、より高いものを表現することができない。

6.421 明らかなことだが、倫理を言葉にすることはできない。
倫理は超越論的である。
（倫理［学］と美［学］は、ひとつのものである）

クラウスの倫理的な言語批判と、言語に絶対的な倫理を求めたヴィトゲンシュタインの姿勢は、兄弟のように似ている。そして『チャンドス卿の手紙』も『論理哲学論考』もよく似ている。

宝石収集家ホーフマンスタール？

文句たれのクラウスは、世紀末ウィーンのアイドル、ホーフマンスタールを「人生から逃避した宝石収集家」だと軽蔑していた。たしかにホーフマンスタールは美術作品や骨董の収集が趣味だった。ホーフマンスタールの死後、持っていたゴッホの花の絵が贋作だったと判明したという話もある。だが、名著『世紀末ウィーン』のショースキーによると、そんなクラウスの軽蔑は筋違いだった。

〈そもその始めから、唯美的態度はホーフマンスタールにとって問題を孕むものであった。芸術の殿堂の住人が生の意義を純粋に彼自身の心情《プシュケ》の内部に求める忌まわしい運命にあることを、彼は知っていた。彼は、この自己の内部への幽閉、感覚の受け身な受容以外には外なる現実との一切の結びつきを拒否する幽閉に、痛いほど苦しんだ〉（安井琢磨訳）

これが、ホーフマンスタールの苦悩であり、チャンドス卿の苦悩なのだ。そしてこの文章はそのまま、『第672夜のメールヘン』の解説として読むこともできる。

フランシス・ベーコン

チャンドス卿の手紙の宛先は、「後のヴェルラム卿にしてセント・オールバンズ子爵であるフランシス・ベーコン」。ベーコンは、観察と実験による近代科学を始めた人だ。合理的な精神の持ち主だった。雪のなかでニワトリの冷凍実験をして、体調を悪化させて死んだ。ブレヒトがその話を、『実験』という短編（『暦物語』所収）で描いている。

〈しだいにベーコンは、少年といくつかの実験について話をするのが習慣になった。そういう場合、普通なら大人は子どもが理解しやすいような言葉を選ぶのだが、ベーコンはけっしてそういうことはせず、教養ある大人と話をするように少年に話しかけた。ベーコンは生涯にわたって、じつに偉大な精神の持ち主たちとつき合ってきたが、理解されることはほとんどなかった。それは彼が、曖昧すぎたからではなく、明快すぎたからだ。そういうわけでベーコンは、少年が理解に苦労していることを気にかけなかった。けれども、少年が自分のほうから知らない言葉を使おうとしたときには、がまん強く手直ししてやった。／少年が練習させられたポイントは、自分が見た事柄と、自分が経験したプロセスを描写することだった。［……］使わないでおくほうがよい言葉も、2、3あった。「よい」、「悪い」、「美しい」などの言葉は、結局のところ、なにも述べていないからだ〉

ブレヒトのこのベーコン像は、分析哲学に影響をあたえた『論理哲学論考』（つまり前期ヴィトゲンシュタイン）ときれいに重なる。そこにベーコン＝シェイクスピア説を重ねてみるとおもしろいが。ともかく、チャンドス卿がベーコンに書いた近況報告をざっとピックアップしてみよう。

チャンドス卿の近況報告

〈手短に言えば、当時の私は、一種の持続した陶酔状態にあって、存在全体が大いなる統一のように見えていたのです。［……］言いかえれば、すべてが比喩であり、どのような被造物もほかの被造物に至る鍵である、と予感していたのです〉

そのチャンドス卿に異変が起きる。〈「精神」や「魂」や「身体」といった言葉を口にしただけで、なぜか落ち着けなくなったのです。［……］なんらかの判断を表明するためには、当然のことながら舌にのせざるをえない抽象的な言葉が、私の口のなかで腐ったキノコのようにぼろぼろと壊れたのです〉。そして〈私にはもう、ものごとを単純化する習慣の目で見ることができなくなってしまった。すべてが解体して部分に分かれ、その部分が解体して、さらに部分に分かれて、ひとつの概念ではなにひとつカバーできなくなったのです〉

ところが、そういう失語状態のチャンドス卿にも、ときどき幸せな瞬間が訪れる。〈そのクラッスス像が、ときおり夜、私の脳に浮かびます。［……］全体としてそれは

一種の、熱を帯びた思考です。言葉より直接的で、流動的で、燃えやすい物質による思考なのです〉

そして、ベーコンから手紙をもらったチャンドス卿は、きっぱり確信する。〈来年も、再来年も、いや私が死ぬまで、私は、英語の本も、ラテン語の本も書くことはないだろう、と。［……］なぜ私が本を書かないのか。それは、書くためだけでなく、考えるためにも私にあたえられているかもしれない言語が、ラテン語でも、英語でも、イタリア語でも、スペイン語でもないからなのです。そういう言語ではなく、私がその単語をひとつも知らない言語であり、ものを言わない事物が私に話しかけてくる言語だからなのです〉

チャンドス卿の「倫理的」

言葉はウソをつくから当てにならない、と気づいたチャンドス卿が、もう書かないという決心を流麗な言葉によって伝える。その逆説だけが、『チャンドス卿の手紙』を印象深くしているのではない。言葉に見放されたチャンドス卿にも幸せな瞬間が訪れるのだ。そのきっかけとなるのが、唯美主義者たちが最高の美と讃えるようなものではなく、日常的な対象であり、それも普段なら、ほとんど名づけるに値しないものたちだ。たとえば、如雨露《じょうろ》のゲンゴロウ、地下の牛乳室のネズミ、死んだウツボに涙を流すクラッスス……。それらが崇高な現在として見えるとき、心臓で考えることのできないチャンドス卿は、語ることができなくなる。

つまり『チャンドス卿の手紙』が心を打つのは、〈倫理［学］と美［学］は、ひとつのものである〉を体現しているからだ。チャンドス卿は、ヴィトゲンシュタインの『論考』と同様、小さな島（論理）ではなく、大きな海（倫理）を見ている。だが、いや、だからこそ、『論考』と同様に、ひとことも倫理について語ろうとはしない。けれども、日常的な対象を描き、〈ものを言わない事物が私に話しかけてくる言語〉を想像することによって、「倫理」という大きな海の存在を伝えようとしているのではないか。〈あるいは、もしもかりに私たちが心臓で考えはじめるなら、私たちは存在全体に対して、胸騒ぎするような新しい関係をもつことができるかのような気がするのです。しかし、……〉

ゲオルゲへの絶縁状

『チャンドス卿の手紙』は、ゲオルゲへの絶縁状として読むこともできる。「生に属していて、芸術に属さないのは冒瀆だ」と考えていたゲオルゲに対して、ホーフマンスタールは、「生に属すること」を選んだ。ゲオルゲのゲイ嗜好も苦手だった。ゲオルゲのほうは、ホーフマンスタールが仕事の軸足を演劇に移したことが許せなかった。ふたりは1906年に断交する。

ホーフマンスタールは、詩や散文作品のように文字情報だけで「表現する」ことではなく、舞台で演じられることによって「伝える」ことのほうを選んだ。「お前ってバカだねぇ」は、その文字だけではニュアンスがわからず、説明が必要になるが、舞台で役者がそれを口にすると、たんなる軽蔑なのか、親愛の表現なのか、「損するのを承知で、よくやったな」とねぎらっているのか、一発で伝わる。ホーフマンスタールは、言葉を否定して捨てたのではなく、言葉には限界があることを確認したうえで、言葉だけでは完結しない世界で仕事をしようとした。

それに演劇なら、政治や倫理の問題をわかりやすく見せて、伝えることができる。ホーフマンスタールは講演で「保守革命」を訴えたり、集大成ともいうべき悲劇

『塔』を書くのだが、それについてはまた別の機会に。

スキポール空港の小便器のハエ

オランダのスキポール空港の小便器の真ん中に、小さなハエの絵を描いておいたところ、たくさんの男子がハエめがけてオシッコをするようになった。その結果、便器の外にこぼれるオシッコの量が80％ほど減って、清掃コストの大幅削減にもつながったという。行動経済学が語る有名なエピソードだ。

「もう一歩前へ」とか「いつもきれいにお使いいただき、ありがとうございます」という言葉より、ハエの絵のほうが圧倒的に効果がある。何千もの言葉より、1枚の写真が世界を動かすことは、よくある話だ。言葉で伝えたつもりでも、伝わらないことが多い。とくに文字情報では。「伝える」と「伝わる」は違う。言語や理性は、かならずしも主役ではなくなってきた。21世紀はノンバーバルの時代と呼ばれるようになるかもしれない。20世紀末に登場した行動経済学は、「人間はかならずしも合理的でない選択をすることがある」という人間観にもとづいている。それは、すでに19世紀末のウィーンで確認された人間観でもある。

20世紀は、「言語の不可能性」とか「新しい言語表現」など、言語に軸足をおいていた。石や羊皮紙に文字を刻んでいた時代の感覚で、言葉を大事に考え、言葉がすべてだと勘違いする人も多かった。だが今は動画でも、誰もが手軽にSNSで発信できる。小便器のハエの絵の威力も知っている。言葉でウソをつくことも、演技することも、発言の階層《タイプ》をいじって逆説をつくることも、朝飯前。バカと言葉は使いよう。

ヴィトゲンシュタインは〈多くの人の口から出まかせにしゃべられていることのすべてを、[……]それについて沈黙することによって、確定した〉が、現代は世紀末ウィーンとは比較にならないほど情報量が多い。しかも玉石混淆。言葉を尽くしても伝わらないことは多い。美辞麗句を並べても、言葉だけでは絶対に信頼は生まれない。言葉は軽い。だから、言葉を疑うことを忘れず、言葉の限界をしっかり意識して、微力な言葉を磨いて、ていねいに使う。そんな倫理的な心構えが必要な季節になった。

『チャンドス卿の手紙』と『論理哲学論考』は、世紀末ウィーン《ウィーン・モデルネ》の聖典である。倫理について具体的に語ることをしないことによって、倫理への熱い思いが伝わってくる。ふたつの聖典が、今もなお古典としての熱量を失うことがないのは、言葉には限界があるのだということを、沈黙を梃子にして訴えながら、心臓で考えようとしているからだろう。

〈哲学で君の目的って、なに？——ハエに、ハエ取りボトルからの逃げ道を教えてやること〉（ヴィトゲンシュタイン『哲学探究』）。ヴィトゲンシュタインは哲学者が苦手だった。この「ハエ」は哲学者たちのことだろう。チャンドス卿にとって、この「ハエ」は、「言葉だ、言葉だ、言葉だ」と言うハムレットたちのことだろう。私には、チャンドス卿の肩甲骨に、「想像」や「感情」の大きな翼が生えているのが見える。

ホーフマンスタール年譜

1874年
2月1日、ウィーンに生まれる。正式の名前は、フーゴー・ラウレンツ・アウグスト・ホーフマン、エードラー・フォン・ホーフマンスタール。父は、フーゴー・アウグスト・ペーター・ホーフマン、エードラー・フォン・ホーフマンスタール（1841〜1915）。母は、アンナ・マリア・ヨゼファ・フォン・ホーフマンスタール、旧姓フォーロイトナー（1852〜1904）。

1884年 **10歳**
アカデミー・ギムナジウム・ウィーン（創立1553年）に入学。入学前は家庭教師についていた。

1890年 **16歳**
最初の詩「問い」を発表。

1891年 **17歳**
文学カフェ・グリーンシュタイドルの常連になり、ゲオルゲと知り合う。ロリスなどのペンネームで発表。

1892年 **18歳**
ギムナジウムを優秀な成績で卒業（＝

大学入学資格を取得）し、ウィーン大学法学部に入学。ゲオルゲの創刊した雑誌「芸術草紙」に詩的断章『ティツィアーノの死』を発表。

1893年　19歳
韻文劇『痴人と死』

1894年　20歳
法学士国家試験に合格。10月、1年志願兵として帝国第6竜騎兵連隊に入営（最初はブルノ、それからホドニーン［ともに現在はチェコの都市］）。

1895年　21歳
短編『第672夜のメールヘン』。ヴェネツィアへ旅行。大学に戻るが、文学部に移り、ロマンス語ロマンス文学の研究を開始。

1898年　24歳
リヒャルト・シュトラウスと出会う。学位論文「プレイヤード派の詩人たちの語法について」を提出。短編『騎兵物語』

1899年　25歳
フィレンツェ、ヴェネツィアへ旅行。

1900年　26歳
リルケと知り合う。
短編『バソンピエール元帥の体験』

1901年　27歳
大学教員資格申請論文「詩人ヴィクトル・ユーゴーの発展についての研究」をウィーン大学に提出。6月1日、ゲルトルート・マリア・ラウレンツィア・ペトロニラ・シュレージンガーと結婚。7月1日、ウィーン郊外のロダウンに転居。ちなみにそのバロック風の館が終の住処となる。ソポクレス『エレクトラ』、カルデロン『人生は夢』の翻案を構想。年末、大学教員資格申請論文を撤回。

1902年　28歳
長女クリスティアーネ誕生。『チャンドス卿の手紙』を発表。

1903年　29歳
演出家マックス・ラインハルトと出会い、彼に刺激されて演劇に傾く。ソポクレス『エレクトラ』の翻案をベルリンで初演。長男フランツ誕生。

1904年　30歳
3月22日、母が亡くなる。

1905年　31歳
ソポクレス『オイディプス王』の翻案（初演は1910年ミュンヘン）。

1906年　32歳
『エレクトラ』のオペラ化に意欲のあるリヒャルト・シュトラウスと、ベルリンで会う（以後、実り豊かな共同作業）。ゲオルゲと断交。次男ライムント誕生。

1907年　33歳
ヴェネツィアへ旅行。小説『アンドレアス』に取りかかる。散文『帰国者の手紙』

1908年　34歳
ギリシャ（アテネ、デルフィ）旅行。散文『ギリシャの瞬間』

1909年 35歳

オペラ『エレクトラ』（作曲R・シュトラウス、台本ホーフマンスタール）をドレスデンで初演。

シュレーダー、ボルヒャルトと共同で文芸年鑑「ヘスペルス」を発行。

1911年 37歳

1月、オペラ『ばらの騎士』（作曲R・シュトラウス、台本ホーフマンスタール）、ドレスデンで初演し、大成功。

12月、戯曲『イェーダーマン』、ベルリンで初演。

1912年 38歳

ディアギレフのロシア・バレエ団のために台本『ヨーゼフ伝説』（初演は1914年パリ）。『アンドレアス』の構想をメモし、序章を書く。アンソロジー『ドイツの物語作者』を出版。

1914年 40歳

第1次大戦勃発。国民軍の将校としてイストリア半島に召集されるが、友人の政治家の取りなしで、ウィーンの陸軍省の戦時救護局に配属される。

1915年 41歳

オーストリア帝国の文化を顕彰する「オーストリア文庫」を企画・刊行。

12月8日、父が亡くなる。

1916年 42歳

自身の創作についての覚書『私について《アド・メ・イプスム》』を書きはじめる。改訂版オペラ『ナクソス島のアリアドネ』

（作曲R・シュトラウス、台本ホーフマンスタール）、ウィーンで初演。オーストリア皇帝フランツ・ヨーゼフ死去。

1918年　44歳
第1次大戦終了。オーストリア帝国崩壊。

1919年　45歳
オペラ『影のない女』（作曲R・シュトラウス、台本ホーフマンスタール）、ウィーンで初演。

1920年　46歳
ザルツブルク・フェスティバルがラインハルトやホーフマンスタールなどの尽力により始まる。そのザルツブルクで戯曲『イェーダーマン』が野外公演。悲劇『塔』を執筆。

1921年　47歳
喜劇『気むずかしい男』、ミュンヘンで初演。

1922年　48歳
箴言集『友の書』。戯曲『ザルツブルク世界大劇場』（カルデロン『世界大劇場』の翻案）、ザルツブルクで初演。1750年から1850年までのドイツの作家・思想家の文章を集めた『ドイツ読本』を出版。

1923年　49歳
批評家ベンヤミンの才能に驚嘆（ベンヤミンの評論「ゲーテの『親和力』について」を「新ドイツ寄稿」［1924～25年］に掲載）。

1924年　50歳

『ホーフマンスタール全集』(全6巻)。
悲劇『塔』第1稿完成。

1926年　52歳

映画『ばらの騎士』(台本ホーフマンスタール)、ドレスデンで公開。

1927年　53歳

ミュンヘンで講演「国民の精神空間としての文学」(この講演で「保守革命」に言及)。

1928年　54歳

悲劇『塔』改訂版、ミュンヘンで初演。
オペラ『アラベラ』の台本(全3幕)の草稿を仕上げる。

1929年　55歳

『アラベラ』第1幕の改稿をR・シュトラウスに送る。R・シュトラウスの電報「第1幕すばらしい。心より感謝」をホーフマンスタールは、読むことがなかった。7月13日、長男フランツが、ロダウンの自宅でピストル自殺。7月15日、息子の葬式に出かけようとして卒中に襲われ、夕方死去。ウィーンのカルクスブルク墓地に葬られる。

訳者あとがき

この本は、Hugo von Hofmannsthal の散文の代表作5編の翻訳です。
・Ein Brief（1902〈1902〉）［チャンドス卿の］手紙
・Das Märchen der 672. Nacht（1895〈1895〉）第672夜のメールヘン
・Reitergeschichte（1898〈1899〉）騎兵物語
・Erlebnis des Marschalls von Bassompierre（1900〈1900〉）バソンピエール元帥の体験
・Andreas（1907〜1927〈1932〉）アンドレアス
（　）内は、執筆年〈初出年〉です。底本は、Hugo von Hofmannsthal: *Gesammelte Werke*. 10 Bde, hrsg. von Bernd Schoeller. Fischer Taschenbuch Verlag, Frankfurt a. M. 1979。

鼻の下が長いか、短いかは、けっこう切実な問題だが、名前が長いか、短いかは、それほど問題ではない。ギリシャ語の長音は日本語表記では短くするのが慣習で、プラトーンでもプラトンでも、わかればいい。とはいえ私はできるだけ、原音に忠実に表記することにしている。Wittgenstein は、ウィトゲンシュタインではなく、ヴィトゲンシュタインだ。最近はヴィトゲンシュタイン派が増えてきたようで、うれしい。なのに私は Wien を、ヴィーンではなく、慣習にしたがってウィーンと書いている。Hofmannsthal はどうか。ホフマンスタールでも、ホーフマンスタールでも、わかるのだが、私はホーフマンスタールと書くことにしている。どうして？

シュテファン・ツヴァイクは、ホーフマンスタールの死後、その遺族から嫌な思いをさせられたことがあったので、手紙などでは、わざとホフマンスタールのスペルを間違えて、ホフマン（Hoffmann）とか、ホフマンスタール（Hoffmannsthal）と書いていた。またカフカは日記にス（Hoffmannsthal）と書いている。というわけで私は、ホーフマンスタールに敬意を表して、ホーフマンスタールと書くことにしたのである。

ところが Andreas を私は、アンドレアスと書いている。アンドレーアスのほうが原音に近いのに。未完の小説『アンドレアス』は、『チャンドス卿』以降の作品だ。ホーフマンスタールの仕事ぶりは、『チャンドス卿の手紙』を境にして変化しており、私の耳には、アンドレアスのほうが息苦しくなく、風通しもよく、この未完の小説にふさわしい音に聞こえるのだ。というのは言い訳で、私はいい加減な人間だから、自分の感覚に流されているだけなのだろう。

感覚や感情によって、人間は、理性的な規準から逸脱することがある。それは、19世紀末のウィーンが確認したことであり、また20世紀末には行動経済学が出発点とした人間観だ。しかし、まあ、お役所じゃないんだから、機械的な統一に目くじらを立てないほうが、精神衛生によろしい。江戸の末期には、本人も平気で、二郎と書いたり、次郎と書いたりしていたらしい。

「現代のドイツ文学でおもしろいのは、カフカとムージルとホーフマンスタールの3人だな」。半世紀前にそう教えてくれたのが、川村二郎（1928〜2008）だ。私は裏表のある人間だから、ご本人の前では「川村先生」と言っていたが、仲間と話をするときは「川村さん」とか「川村二郎」と呼んでいた。当時、気鋭の文芸評論家としてデビューしたての川村さんが、非常勤で大学院に教えにくることになった。私は学部生だったが、私の先生の柴田翔さんの口添えで、授業にもぐり込ませてもらった。ときたま出席者が私だけの日があった。もったいないなぁ、なんで院生たち、来ないんだよ！ そんな日は授業をやめて雑談になり、いろんなところに連れていってもらった。「ブルックナーの9番の第2楽章、あのスケルツォはすさまじい。君はフルトヴェングラーより、トスカニーニのほうが好きだろう」。「いえ、トスカニーニは大好きですが、フルトヴェングラーは別格です」。私は、『チャンドス卿の手紙』と『論理哲学論考』の関係をテーマに卒論を書いた。

川村さんは、シューベルト（とくにピアノ・ソナタ）が大好きだった。そして一番好きな作家が、ホーフマンスタールだった（川村さんはホフマンスタールと表記する）。両切りピースを切らすことがなかった。私は、川村さんに目黒区八雲のキャンパスに教員として呼んでもらったのだが、けっこう川村さんに盾突いていた。「そろそろ独文研究室でも嫌煙の運動をはじめようと思うんですけど」。川村さんがニヤっと笑った。「いいよ、君とぼくは、出講する曜日が違うもんね」

川村さんは律儀な先生で、どんなに忙しくても、委員会や教授会をさぼることがなかった。同僚で英文の篠田一士（1927〜1989）とは、そういう点では対照的だった。おふたりが元気だった頃は、外国文学の翻訳も盛んだった。

そんな時代を懐かしく思いながら、古典新訳文庫でホーフマンスタールを翻訳することになった。選んだ5編も、その配列も、講談社文芸文庫の川村二郎訳『チャンドス卿の手紙・アンドレアス』と同じになった。これは意識した結果だろうか。それとも無意識の結果だろうか。5編とも「文学の王道」と呼べる作品だが、「文学っぽく」ならない翻訳を心がけた。ときどき講談社文芸文庫を参考にさせてもらった。川村先生、ありがとうございました。

古典新訳文庫の立ち上げのときから、いつも今野哲男さんは、北風ではなく太陽のように、「せめて常歩《なみあし》を」と駄馬をうながしてくれた。中町俊伸さんは、古典新訳文庫創刊時の『飛ぶ教室』以来、ずっと私の編集を担当してくれている。一昨年の秋に古典新訳文庫の編集長になってからも、やさしく道草を許してくれた。今回も、ありがとうございました。

2018年8月　　丘沢　静也

光文社古典新訳文庫

チャンドス卿《きょう》の手紙《てがみ》／アンドレアス

著者　ホーフマンスタール
訳者　丘沢静也《おかざわしずや》

2018年11月20日　初版第1刷発行

発行者　田邉浩司
印刷　萩原印刷
製本　ナショナル製本

発行所　株式会社光文社
〒112-8011東京都文京区音羽1-16-6
電話　03（5395）8162（編集部）
03（5395）8116（書籍販売部）
03（5395）8125（業務部）
www.kobunsha.com

ISBN978-4-334-75388-7 Printed in Japan

いま、息をしている言葉で、もういちど古典を

長い年月をかけて世界中で読み継がれてきたのが古典です。奥の深い味わいある作品ばかりがそろっており、この「古典の森」に分け入ることは人生のもっとも大きな喜びであることに異論のある人はいないはずです。しかしながら、こんなに豊饒で魅力に満ちた古典を、なぜわたしたちはこれほどまで疎んじてきたのでしょうか。

ひとつには古臭い教養主義からの逃走だったのかもしれません。真面目に文学や思想を論じることは、ある種の権威化であるという思いから、その呪縛から逃れるために、教養そのものを否定しすぎてしまったのではないでしょうか。

いま、時代は大きな転換期を迎えています。まれに見るスピードで歴史が動いていくのを多くの人々が実感していると思います。

こんな時わたしたちを支え、導いてくれるものが古典なのです。「いま、息をしている言葉で」――光文社の古典新訳文庫は、さまよえる現代人の心の奥底まで届くような言葉で、古典を現代に蘇らせることを意図して創刊されました。気取らず、自由に、心の赴くままに、気軽に手に取って楽しめる古典作品を、新訳という光のもとに読者に届けていくこと。それがこの文庫の使命だとわたしたちは考えています。

このシリーズについてのご意見、ご感想、ご要望をハガキ、手紙、メール等で翻訳編集部までお寄せください。今後の企画の参考にさせていただきます。
メール　info@kotensinyaku.jp

光文社古典新訳文庫　好評既刊

飛ぶ教室
ケストナー
丘沢 静也 訳

孤独なジョニー、弱虫のウーリ、読書家ゼバスティアン、そして、マルティンにマティアス。五人の少年は友情を育み、信頼を学び、大人たちに見守られながら成長していく――。

訴訟
カフカ
丘沢 静也 訳

銀行員ヨーゼフ・Kは、ある朝、とつぜん逮捕される…。不条理、不安、絶望ということばで語られてきた深刻ぶった『審判』は、軽快で喜劇のにおいのする『訴訟』だった！

寄宿生テルレスの混乱
ムージル
丘沢 静也 訳

いじめ、同性愛…。寄宿学校を舞台に、少年たちは未知の国を体験する。言葉では表わしきれない思春期の少年たちの、心理と意識の揺れを描いた、ムージルの処女作。

マルテの手記
リルケ
松永 美穂 訳

大都会パリをさまようマルテ。風景や人々を観察するうち、思考は奇妙な出来事や歴史的人物の中へ……。短い断章を積み重ねて描き出される若き詩人の苦悩と再生の物語。(解説・斎藤環)

黄金の壺／マドモワゼル・ド・スキュデリ
ホフマン
大島かおり 訳

美しい蛇に恋した大学生を描いた「黄金の壺」、天才職人が作った宝石を持つ貴族が襲われる「マドモワゼル・ド・スキュデリ」ほか、鬼才ホフマンが破天荒な想像力を駆使する珠玉の四編！

光文社古典新訳文庫　好評既刊

砂男／クレスペル顧問官
ホフマン
大島かおり　訳
サイコ・ホラーの元祖と呼ばれる、恐怖と戦慄に満ちた傑作「砂男」、芸術の圧倒的な力とそれゆえの悲劇を幻想的に綴った「クレスペル顧問官」などホフマンの怪奇幻想作品の代表傑作3篇。

くるみ割り人形とねずみの王さま／ブランビラ王女
ホフマン
大島かおり　訳
クリスマス・イヴに贈られたくるみ割り人形の導きで、少女マリーは不思議の国の扉を開ける……奔放な想像力が炸裂するホフマン円熟期の傑作2篇を収録。（解説・識名章喜）

三文オペラ
ブレヒト
谷川　道子　訳
貧民街のヒーロー、メッキースは街で偶然出会ったポリーを見初め、結婚式を挙げるが、彼女は、乞食の元締めの一人娘だった……。猥雑なエネルギーに満ちたブレヒトの代表作。

母アンナの子連れ従軍記
ブレヒト
谷川　道子　訳
父親の違う三人の子供を抱え、戦場でしたたかに生きていこうとする女商人アンナ。今風に言うならキャリアウーマンのシングル・マザー、しかも恋の鞘当てになるような女盛りだ。

ガリレオの生涯
ブレヒト
谷川　道子　訳
地動説をめぐり教会と対立し自説を撤回したガリレオ。幽閉生活で目が見えなくなっていくなか、秘かに『新科学対話』を口述筆記させていた。ブレヒトの自伝的戯曲であり最後の傑作。

★続刊

ミドルマーチ1　ジョージ・エリオット／廣野由美子・訳

近代化のただなかにある都市を舞台に、宗教的理想に燃える娘、赴任してきた若き医者、市長の息子、銀行家などの思惑と人間模様をつぶさに描き「英国最高の小説」と賞される名作。生誕二百年を迎えるジョージ・エリオットの代表長篇、刊行開始。

死刑囚最後の日　ユゴー／小倉孝誠・訳

死刑を宣告された男の、その最後の日を中心に執行までの瞬間を描いたフィクション。刻々と迫る執行の時。おぞましいギロチン処刑と、それを見せ物として期待し集まる群衆……。死刑制度撤廃のために情熱を傾けて書きあげた、若きユゴーの作品。

存在と時間5　ハイデガー／中山元・訳

最難関とも言われる『存在と時間』を分かりやすい訳文と詳細な解説で読み解く。前4巻に続き、わたしたちの〈気分〉をもとに、現存在の〈不安〉という情態性、気遣いとしての実在性を考察し、現存在と真理の結びつきを示す。（第6章44節まで）

kobunsha
classics